文
景

Horizon

社 科 新 知　文 艺 新 潮

文景古典 · 名译插图本

阿里斯托芬喜剧集

罗念生——译

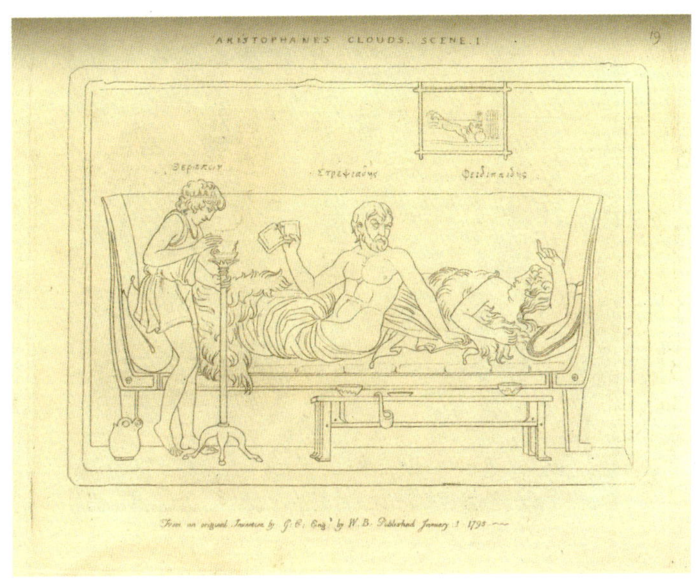

《云》第一场场景

版画，1794 年

乔治·坎伯兰（George Cumberland）著《论轮廓、雕塑，以及指导古代艺术家塑造人物与群组的系统：附对现代实践的评论》（伦敦，1796 年）插图

（从左至右依次为点灯的仆人、看账本的斯瑞西阿得斯和睡着的斐狄庇得斯）

斯瑞西阿得斯和斐狄庇得斯在争论，苏格拉底在空中的吊筐里

亚诺什・然博基（János Zsámboky）著《徽记》（*Emblemata cum aliquot nummis antiqui operis*，安特卫普，1569 年）插图

GREEK BANQUET.—Reception to Socrates at House of Agathon.—Drawn by A. Feuerbach.

希腊宴会：阿伽同之家接待苏格拉底

安塞姆·费尔巴哈（Anselm Feuerbach）作

约翰·克拉克·里德帕思（John Clark Ridpath）著《世界人民》（华盛顿，1915 年）插图

旧教育中的摔跤场景

爱德华·诺曼·加德纳（Edward Norman Gardiner），临摹自现藏于慕尼黑的浅酒盏（kylix）底部，见氏著《希腊体育与节日》（伦敦，1910 年）

目　录

云

附　录

云

根据罗泽斯（B. B. Rogers）编订的《阿里斯托芬的喜剧》（*The Comedies of Aristophanes*, George Bell and Sons, London, 1916）第二卷第一部喜剧《云》（“Nephelai”）和福尔曼（L. L. Forman）编订的《阿里斯托芬的云》（*Aristophanes: The Clouds*, The American Book Co., New York, 1915）希腊原文译出，曾于1938年由商务印书馆出版，现已全部加以修订。

说明一

那初稿的《云》是在首席地方官伊萨耳科斯（Isarchus）任上的“城内的酒神节”（The Great Dionysia）里出演的。那次克刺提诺斯（Cratinus）表演《坛》（*Pytine*）夺得了头奖，阿墨普西阿斯（Ameipsias）表演《孔诺斯》（*Connus*）取得了次奖；于是阿里斯托芬（Aristophanes）便失败了，他因想重演一部修改过的《云》来责备观众。他这次败得更惨，因为他的修改本根本就不曾加入表演。……

说明二

这抄本和初稿是同一个剧本，只是修改了一部分。诗人很想表演这修改本，但因为什么缘故没有演成。大体讲来，差不多全剧都经过了一番变动：有些地方删去了，有些地方补充过，人物也重新分配过。有些部分全是新的，如像第一场“插剧”（Parabasis），正直的逻辑与诡谲的逻辑彼此的争论和后来火烧苏格拉底（Socrates）的“思想所”一段。

说明三

年老的斯瑞西阿得斯（Strepsiades）因为他的儿子好马，负债甚苦；才叫他到苏格拉底那儿去学习那诡谲的逻辑，好在法庭上用无理的话来辩胜他的债主，不付债息。这年轻人不愿意去，于是斯瑞西阿得斯便决定自己去入学。他把苏格拉底的门徒请出来谈了一些话。那活动台把学校的内景显现出来，一些肮脏的学生绕着圈子坐着，苏格拉底自己却坐在那吊篓里观察气象，他接收了这个年老的学生后，便祈求他所信仰的空气，以太和云来到他的身边；云神应了他的祈求，排成一列歌队进场。苏格拉底谈论了一些关于自然界的哲学。谈得很令人信服；于是歌队便对着观众道出了一大段"插剧"，此后那老头儿才开始受业，很令人发笑，后来因为他自己太愚蠢，便离开了这家"思想所"，把他的儿子强迫交与苏格拉底。这先师把正直的逻辑和诡谲的逻辑引入场中，那后者反而辩胜了前者，于是他收下了这年轻人，带去学习。等他学成后，他的父亲便跑来领他回去。这老人骂走了他的债主后，在家里飨宴他的儿子，庆祝成功。他们为饮酒诵诗的事发生了争执，这老头儿竟被他的儿子打了一顿，大叫奔出。这年轻人反说儿子应该回打父亲。这一场争吵很伤了这老年人的心，于是他把苏格拉底的"思想所"烧毁了。……

时间：本剧发生在纪元前423年以前，在当时算是一个“现代剧”。

地点：起初在斯瑞西阿得斯的卧室里，后来在苏格拉底的屋前。

场　次

一　**开场**（原诗 1—262 行）

二　**进场**（原诗 263—363 行）

三　**第一场**（原诗 364—509 行）

四　**第一插曲**（原诗 510—626 行）

五　**第二场**（原诗 627—888 行）

六　**第三场（第一次对驳）**（原诗 889—1112 行）

七　**第二插曲**（原诗 1113—1130 行）

八　**第四场**（原诗 1131—1302 行）

九　**合唱歌**（原诗 1303—1320 行）

十　**第五场**（原诗 1321—1344 行）

十一　**第六场（第二次对驳）**（原诗 1345—1451 行）

十二　**退场**（原诗 1452—1510 行）

人　物

（以进场先后为序）

斯瑞西阿得斯　阿提刻农人[1]

斐狄庇得斯（Pheidippides）　斯瑞西阿得斯之子

仆人　斯瑞西阿得斯的仆人

门徒甲　苏格拉底（Socrates）的门徒

苏格拉底　雅典的哲人

歌队　由二十四个云神组成

逻辑甲　正直的逻辑

逻辑乙　歪曲的逻辑

帕西阿斯（Pasias）　放款人

证人　帕西阿斯的证人

阿密尼阿斯（Amynias）　放款人

门徒乙　苏格拉底的门徒

门徒丙　苏格拉底的门徒

开瑞丰（Chairephon）　苏格拉底的朋友

布　景

一块空场，背景里有两所屋子，左边一所是斯瑞西阿得斯的住宅，右边一所是苏格拉底的“思想所”

时　代

公元前 421 到前 417 年之间[2]

一　开场

斯瑞西阿得斯、斐狄庇得斯和一仆人躺在床上。[3]

斯瑞西阿得斯　（自语）哎呀，哎呀，宙斯啊！[4]夜是这样
长，永远不会天亮吗？我早就听见鸡叫了，我的仆人可
还在那儿打呼噜呢！先前可不是这样的。该死的战争，
你害得我连自己的仆人都不能够惩罚了。[5]我这个年轻
的好儿子在夜里从来不醒，只是裹着好几重羊皮大氅在
那儿放屁！既然这样，我也裹起来打呼噜吧！（试睡） 11

哎呀，我睡不着，为了这儿子，我叫挥霍、浪费、马槽和债务害苦了。他蓄着长发，[6]赛车赛马，连做梦都看见马。我却倒霉了，眼看这个月到了下旬，利息又到期了。（唤仆人）孩子，把灯点上，把账簿拿来，

看我欠谁的钱，算算是多少利息。让我看看，到底欠多少？（念）“欠帕西阿斯一千二百块。”[7]为什么欠帕西阿斯一千二百块？是怎样花掉的？哦，原来是为了买那匹印花马。[8]哎呀，但愿一块石头打瞎了我的眼睛

24 倒好了。

斐狄庇得斯　（呓语）菲隆，你犯规了！你该在你自己的路线上跑。[9]

斯瑞西阿得斯　（自语）瞧，就是这个害了我，他连做梦都在赛马！

斐狄庇得斯　（呓语）一辆战车应该赶多少圈？

斯瑞西阿得斯　你倒把我，把你自己的父亲“赶”了许多圈呢！（自语）除了欠帕西阿斯而外，还欠谁的钱？（念）“为了买车箱和轮子欠阿密尼阿斯三百块。”

斐狄庇得斯　（呓语）好好叫马儿打个滚再牵回家去！

斯瑞西阿得斯　可怜的孩子，你把我的钱财全都“滚”掉了！我已经吃了官司，有的债主还说要扣押我的财产来保证他们的利息。

斐狄庇得斯　（醒来）爸爸，到底什么事情烦恼你，使得你一夜里翻来覆去？

斯瑞西阿得斯　有一个“没收”虫从褥子底下爬出来咬我。[10]

斐狄庇得斯　好爸爸，让我再睡一会儿吧！ 38

斯瑞西阿得斯　你睡吧；只不要忘记这些债务完全会落到你自己头上。

唉，但愿那媒婆，那劝我娶了你的母亲的媒婆不得好死！我原享受着一种很快乐的乡下生活，虽是肮脏简陋，却也自由自在，我养着成群的蜜蜂与绵羊，还堆着许多橄榄渣饼子，[11]后来我娶了墨伽克勒斯的儿子墨伽克勒斯的侄女。[12]我是一个乡下人，她却是一个很骄奢的城市姑娘、一个十足的贵族女子。新婚那晚上，我躺在新床上，我还有羊毛、酒渣和无花果的味儿，她却满身香膏和番红花，不住的和我亲嘴咂舌，她就像爱神那样没有节制，那样大咬特咬。[13]我不能说她懒，不，她时常都在织布。我时常把这件破外衣指给她看，假意说：“我的老婆，你‘织’得很勤快呢！”[14] 55

仆人　我们的灯盏没有橄榄油了。

斯瑞西阿得斯　唉！你为什么给我点上这盏费油的灯？来，我要惩罚你！

仆人　为什么要打我呢？

斯瑞西阿得斯 因为你放进了这根大灯芯。

（自语）后来我们养了这个儿子（指着斐狄庇得斯），我同这好女人为了起名字的事便时常吵闹。她要起一个马的名字，如像“黄马”“福马”“骏马”；我却想依照他祖父的名字叫作俭德。[15]我们这样争吵了许久，最后两方同意叫作俭德马。[16]她时常抚抱着这孩子，哄他说：“你日后长大了，也像你的外叔祖墨伽克勒斯那样，披着紫袍坐车上卫城。”我却向他说：“正像你的爸爸，披着羊皮，从山上赶着羊群回来。”哪知他不听我的话，反而爱马，把我的家业败得一塌糊涂。

现在，我想了一夜，想起了一个绝妙的办法；只要我劝得动他，我便有救了。但是，我得先把他唤醒来。怎样把他轻轻地唤醒来？怎样唤？（轻唤）小斐狄庇得斯！小斐狄庇得斯！

斐狄庇得斯 什么事，爸爸？

斯瑞西阿得斯 同我亲个嘴，把右手伸给我。

斐狄庇得斯 （伸手）这儿。到底什么事？

斯瑞西阿得斯 告诉我，你爱不爱我？

斐狄庇得斯 凭海神、凭那位马神起誓，[17]我爱你！

斯瑞西阿得斯　快不要向我提起马神！正是这位神害了我。我的儿，你如果真心爱我，就得听我的话。

斐狄庇得斯　我得听你什么话？

斯瑞西阿得斯　立刻改变你的生活，去学习我要劝你学的事情。

斐狄庇得斯　快说吧，你有什么吩咐？

斯瑞西阿得斯　你到底听不听？

斐狄庇得斯　凭酒神起誓，我听！我听！

父子两人进入场中。[18]

斯瑞西阿得斯　好，你往这边看，你看见那道小门和那所小屋子没有？

斐狄庇得斯　我看见了。爸爸，那是什么地方呢？ 93

斯瑞西阿得斯　那就是哲人的“思想所”。[19]那儿居住的人彼此讨论，叫我们相信天体是一个闷灶，我们住在当中就像是木炭一样。[20]只要你肯给钱，[21]他们会教你辩论，不论有理无理，你都可以把官司打赢。

斐狄庇得斯　他们叫作什么名称？

斯瑞西阿得斯　他们的名称我知道得不很清楚，可是他们是深沉的思想家，（稍停）——是高贵的人。

斐狄庇得斯　我知道他们是下流东西。你是说那些面孔苍

白、光着脚丫儿的无赖汉，像可怜的苏格拉底和开瑞丰

104 一流人吗？[22]

斯瑞西阿得斯 嗨，快不要说，快不要说蠢话！如果你关心你爸爸的吃喝，就抛开了你的车马，前去入学。

斐狄庇得斯 凭酒神起誓，你就是把勒俄戈剌斯喂着的名马送我，[23]我也不肯去。

斯瑞西阿得斯 最亲爱的孩子，我求你前去入学。

斐狄庇得斯 去学习什么呢？

斯瑞西阿得斯 听说他们有两种逻辑，其中一种叫做正直的逻辑，还有一种叫做歪曲的逻辑，他们讲授那后一种，用强词夺理来取胜。如果你学得了这种无理取闹的逻

118 辑，我为你欠下的债务一个俄玻罗斯也不用还。[24]

斐狄庇得斯 我不能遵命；如果我变成了白面书生，怎好意思去见那些骑士呢？

斯瑞西阿得斯 那么，凭地母起誓，[25]你就不必倚靠我，你本人和你的马全不必倚靠我；我要把你赶出门外去，赶出去喂乌鸦！

斐狄庇得斯 我的外叔祖墨伽克勒斯总不至于不管我，不给我车马。我去了，再也不孝敬你。

斯瑞西阿得斯　我虽是跌倒了，还不至于就爬不起来。愿天神保佑，我要亲身到“思想所”去求学。可是人老了，记性太差，理解力也迟钝了，我怎么学得会逻辑的精微奥妙呢？但是无论如何，我一定得去！我为什么在这儿逗留，还不去敲门？（敲右屋的门）孩子，孩子！ 133

门徒甲　（自内应）该死的！谁在敲门？

门徒甲启门上。

斯瑞西阿得斯　是我，是俭德的儿子，喀铿那乡的斯瑞西阿斯。[26]

门徒甲　原来是你这个没有受过教育的东西在乱踢我们的门！你把我孕育着的思想害得流产了！[27]

斯瑞西阿得斯　请你原谅，因为我是个乡下佬。告诉我，什么流产了？

门徒甲　这种话只能告诉我的同学，不足为外人道也。

斯瑞西阿得斯　你放胆对我说吧！因为我是到这儿，到这个“思想所”来做学徒的。 142

门徒甲　那我就告诉你；但是，请你明白，这可是宗教秘密！刚才有一只跳蚤咬了开瑞丰的眉毛，再跳到苏格拉底头上；[28] 于是苏格拉底就问开瑞丰：“这虫子所跳的距离相当于它的脚长的若干倍？”

斯瑞西阿得斯　他怎样测量呢？

门徒甲　这才妙呀！他融化了一块黄蜡，捉住那跳蚤，把它的双脚浸在蜡里，等融质冷后，那上面便形成了一双波
152 斯鞋，[29]再把鞋子取下来测量距离。

斯瑞西阿得斯　宙斯啊，这种思想真是妙呀！

门徒甲　要是你听了苏格拉底自己的另一种发现，不知你又该说什么了！

斯瑞西阿得斯　那是什么呀？请你告诉我。

门徒甲　斯斐托斯乡的开瑞丰有一次问他，[30]长脚蚊的声音是从嘴里叫出来的呢，还是从尾上响出来的？

斯瑞西阿得斯　关于蚊子的事他怎样回答？

门徒甲　他说，蚊子的肠管是很细长的，空气用力从这细管里通过，直达尾部，于是那连着细管的空屁股便借风力响了起来。

斯瑞西阿得斯　那么，蚊子的屁股不就是一只号筒吗？这位善于观察脏腑的苏格拉底真是得天独厚呀！一个明白长
168 脚蚊的肠管的人必定能够很容易就把官司打赢。

门徒甲　才不久一只壁虎打断了他一个伟大的思想。

斯瑞西阿得斯 那又是怎样的呢？告诉我！

门徒甲 有一天晚上，他正在观察月亮的循环轨道，张开口望着天上的时候，一只壁虎从屋檐上拉屎，把他弄脏了。[31]

斯瑞西阿得斯 壁虎拉了苏格拉底一脸屎，真有趣！

门徒甲 昨天晚上我们绝了粮。

斯瑞西阿得斯 那么，他又怎样设法来解决粮食问题呢？

门徒甲 他用细灰洒在桌上，再把一根铁签弄弯，于是他拿着这仪器——偷偷地从健身场上钩走了人家的“衣服”。[32]

斯瑞西阿得斯 我们为什么还要赞美塔勒斯呢？[33]快，快打开这个“思想所”，快把这位师父指给我！因为我是来做门徒的。快开门呀！

斯瑞西阿得斯走上活动台。[34]

赫剌克勒斯呀，这些畜生是从哪里来的？[35] 184

门徒甲 为什么大惊小怪？你看他们像什么？

斯瑞西阿得斯 像是从皮罗斯带回来的斯巴达囚徒！[36]他们为什么望着地下呢？

门徒甲 他们在寻找地下的东西。

斯瑞西阿得斯 在寻找蘑菇吧！（向众门徒）你们不必再费心思，我知道什么地方有，又好又大。（向门徒甲）那

191 一群人在做什么？他们那样地弯着腰。

门徒甲 他们要摸索到地下的深坑里去。[37]

斯瑞西阿得斯 他们的屁股为什么却朝着天上呢？

门徒甲 那屁股要独自去研究天象呢。（向众门徒）快进去，不要叫师父在这儿碰见你们。

斯瑞西阿得斯 别忙，别忙，让他们再蹲一会儿，我好把我的小案件告诉他们。

门徒甲 但是他们不能够在露天底下呆得太久了。

众门徒进入右屋。

斯瑞西阿得斯 这是什么（指着天象仪）？告诉我。

门徒甲 这是天文。

斯瑞西阿得斯 那又是什么（指着几何仪器）？

门徒甲 那是几何。

斯瑞西阿得斯 有什么用处呢？

门徒甲 测量土地。

斯瑞西阿得斯 是不是测量我们就要分配的土地？[38]

门徒甲 不是，是测量大地。

206 **斯瑞西阿得斯** 你说得真美，这种发明真是对人人有益啊！[39]

门徒甲 这是全世界的地图。你看见吗？这是雅典。

斯瑞西阿得斯　你说什么？我不信！因为我没有看见那些陪审员坐在那儿。[40]

门徒甲　这实在是阿提刻的土地。

斯瑞西阿得斯　可是我的喀铿那乡邻住在哪里呢？

门徒甲　就住在这里。你看，这是欧玻亚岛，[41]伸得长长的。

斯瑞西阿得斯　我知道，那是伯里克理斯和我们把它压长了的。[42]但是斯巴达又在哪里呢？

门徒甲　“在哪里？”就在这里。

斯瑞西阿得斯　隔得这样近！你好生想想，应该和我们隔得远一些才对。

门徒甲　绝对不能！

斯瑞西阿得斯　那你就会吃苦头的！[43]那是谁？那坐在吊筐里的人是谁呀？

门徒甲　正是他。

斯瑞西阿得斯　他是谁呀？

门徒甲　苏格拉底。

斯瑞西阿得斯　苏格拉底！快替我大声叫他！

门徒甲　你自己叫吧！我可没有工夫替你叫。

门徒甲进入右屋。

斯瑞西阿得斯　苏格拉底啊，亲爱的苏格拉底！

苏格拉底　（自空中回答）朝生暮死的人啊，你叫我做什么？

斯瑞西阿得斯　我求你首先告诉我，你在那上面做什么？

苏格拉底　我在空中行走，在逼视太阳。

斯瑞西阿得斯　那么，你鄙视神，[44]是从吊筐里，而不是从地上了，如果你真——

苏格拉底　如果我不把我的心思悬在空中，不把我的轻巧的思想混进这同样轻巧的空气里，我便不能正确地窥探这天空的物体。[45]如果我站在地下寻找天上的神奇，便寻不着什么，因为土地会用力吸去我们思想的精液，就
234 像水芹菜吸水一样。

斯瑞西阿得斯　你说的什么话？我们的思想会把精液吸到水芹菜上去吗？快降下来，亲爱的苏格拉底，快到这里来教教我，我特别为这事情来的。

苏格拉底自吊筐里下降。[46]

苏格拉底　为什么事情来的？

斯瑞西阿得斯　我为学习口才来的。因为我欠人家的利息，那些贪得无厌的债主要抢劫我，要扣押我的财产。

苏格拉底　你怎么不注意到你欠下了债？

斯瑞西阿得斯　是我的儿子爱马，毁了我的家财，害得我不浅。快把你那两种逻辑传授一种给我，好利用来同人家赖债。凭天神起誓，你要多少钱我就出多少。

苏格拉底　你凭什么天神起誓？在我们这里，天神不是通用的钱币。

斯瑞西阿得斯　那你们又凭“什么”起誓呢？是凭拜占庭的铁钱起誓吗？[47] 249

苏格拉底　你真想知道天空的事物吗？

斯瑞西阿得斯　是呀，只要是可能的话。

苏格拉底　你想同云说话吗？（*指着天上*）那就是我们的女神。

斯瑞西阿得斯　当然啊。

苏格拉底　那你就坐在这神圣的小榻上。

斯瑞西阿得斯　我坐下了。

苏格拉底　现在戴上这顶花冠。

斯瑞西阿得斯　为什么要戴上这顶花冠？哎呀，苏格拉底，快不要把我杀来献祭，像杀阿塔马斯那样。[48]

苏格拉底　不会的，这只是我们要举行入学典礼。

斯瑞西阿得斯　那我可以得到什么好处呢？

苏格拉底　你会变作一个老练的雄辩家、一个多话的人、一个圆滑的人。只是不要动！

苏格拉底用沙子洒在斯瑞西阿得斯头上。

斯瑞西阿得斯　宙斯在上，你可不要骗我！这满头的细粉一
262 定会使我变得很圆滑！

二　进场

苏格拉底　肃静，老头儿，静听这些祈祷！无边的空气，我的主啊！你把大地高悬在空中。光明的以太啊！鸣雷掣电的神圣的云神啊，快升起来呀！天空的女神啊，赶快当着你们的哲人出现！

斯瑞西阿得斯　别忙，别忙，等我用衣服盖好，免得弄湿了。[49]想起我没有从家里把狗皮帽带来，真是倒霉呀！ 268

苏格拉底　快来呀，尊贵的云神啊，快出现给这人看！不论你们正倚在奥林匹斯神圣的雪岭上，[50]或是正在你们的父亲俄刻阿诺斯的园里伴着女神们一同歌舞，[51]或是正在用金瓶吸取尼罗河的水，或是正停留在黑海的口岸上，请听我祈祷，愿你们接收了这祭品，[52]高高兴

274 兴地享受。

歌队 （自外唱）（首节）流云啊，快来呀，以太的不倦的眼睛已经射出了灿烂的光！我们从父亲那里，[53]从滚滚的长河上披着晶莹带露的衣衫腾入高山峻岭的林间，我们可以遥望那天边的山谷、那圣地养育的果园、那活活长流的神河和大海上翻腾的浪涛。快把这些露水从
290 这不灭的形体间摇落下去，举目观望那下面的山河。（首节完）

苏格拉底 可敬的云神啊，你们明白地答应了我的恳求。（向斯瑞西阿得斯）你听见她们的歌声里混着惊人的雷声吗？

斯瑞西阿得斯 尊贵的云神啊，我敬畏你们，我也想放个屁来回应你们的雷声，那雷声真叫我吓掉魂！现在啊，不管你们准不准许，我一定要放个痛快！

苏格拉底 快不要学那些可怜的喜剧诗人那样开玩笑，肃
297 静，因为一大群女神唱着歌来了。

歌队 （自外唱）（次节）带雾的女郎们啊，让我们移向那光荣的阿提刻，去看刻克洛普斯爱好的英雄圣地，[54]那儿保持着神秘的大典，那庙里正举行着神圣的入教礼；[55]

那儿有敬神的礼物，有神像、高朗的庙宇、[56]庄严神圣的游行和四季节日里的献祭；春来时更逢酒神的狂欢节，有歌舞赛会，有笛子的清音。（次节完） 313

斯瑞西阿得斯　请你告诉我，苏格拉底，那些女人是谁呀？她们的声音这样庄严，难道她们竟是女英雄不成？

苏格拉底　不，她们是天上的云，是有闲人的至大的神明，我们的聪明才智、诡辩瞎说以及欺诈奸邪全都是由她们赋予的。

斯瑞西阿得斯　所以我听了她们的歌声，我的心神就像在飞腾，在寻求奥妙的言辞、精微的理论；想用鬼聪明来克服鬼聪明，用反辩来驳倒对方的理由。只要是可能的话，我倒想亲眼见见她们。

苏格拉底　你朝帕耳涅斯山望望。[57]我已经望见她们慢慢地下来了。

斯瑞西阿得斯　在哪里？快指给我看！

苏格拉底　她们一团团地经过山谷丛林，斜斜地下来了。

斯瑞西阿得斯　这是怎么一回事？我可没有看见呢。

歌队进场。

苏格拉底　就在那进出口上。

326 **斯瑞西阿得斯** 现在我倒像看见了一眼。

苏格拉底 如果你的眼睛不是叫南瓜似的眼屎挡住了，你现在准看见她们了。

斯瑞西阿得斯 真的，我看见了。可敬的女神啊！她们站满了全场。

苏格拉底 你从来不知道，从来没有想到她们是女神吧？

斯瑞西阿得斯 真的不知道，我只相信她们是云雾雨露呢！

苏格拉底 你一定不知道她们喂着一些先知，诡辩家，天文学者，江湖医士，蓄着轻飘的长发、戴着碧玉戒指的花花公子和写酒神颂歌的假诗人——这便是云神养着的游

334 惰的人，只因为他们善于歌颂云。

斯瑞西阿得斯 因此他们才歌唱“蔽日的湿云带火奔流”“百头妖的鬈发”[58]“狂风暴雨”“浮游在太空里的弯爪的鸟啊”“云雾带来的细雨啊”。为了这些诗句，他们可以吃美味的鳝鱼和画眉鸟。[59]

苏格拉底 为了这些诗句，他们还不配享受吗？

斯瑞西阿得斯 告诉我，如果她们真正是云，为什么倒像凡间的女人？那天上的云却不是这般模样。

苏格拉底 那到底是什么模样呢？

斯瑞西阿得斯 我说不清楚，她们像一团乱羊毛，不像女人，凭宙斯起誓，一点儿也不像。这些云还有鼻子呢！[60]

苏格拉底 现在回答我的话。

斯瑞西阿得斯 你想说什么，快说呀！ 344

苏格拉底 你不曾望见天上的云像人头马、像豹子、像狼、像牛吗？

斯瑞西阿得斯 我自然望见过。那是为什么缘故呢？

苏格拉底 她们想变什么就变什么：如果她们看见一个长头发的色鬼、一个毛蓬蓬的野兽，如像塞诺方忒斯的儿子，她们就变作人头马来取笑他的淫荡的行为。[61]

斯瑞西阿得斯 倘若她们看见了盗窃公款的西蒙，[62]她们又变作什么呢？

苏格拉底 她们立刻就变作狼来表现他的性格。

斯瑞西阿得斯 所以昨天她们看见了克勒俄倪摩斯弃盾而逃，[63]看见了他那种最胆怯不过的行为，她们就变作了鹿。

苏格拉底 所以今天她们看见了克勒忒涅斯，[64]你看，她们就变作了女人。

斯瑞西阿得斯 欢迎呀，女神们！你们对别人放出了你们的

357 天音，对我也得放出，全能的神啊！

歌队长　敬礼呀，你这位年高的老头子，你这位追求美妙的
言辞的人啊！（向苏格拉底）还有你这位最会说巧妙的
无聊话的祭司啊，快说你要我们做什么？除了你和普洛
狄科斯两人的话而外，[65]我们从不肯听别人的哲言，
因为普洛狄科斯很聪明，很有思想，你却大模大样地
走，斜着眼睛看，赤着足，吃得苦，倚靠你和我们的关
363 系，装得那样骄傲庄严。[66]

三　第一场

斯瑞西阿得斯　地神啊，[67]这种声音真是神圣、庄严与神奇啊！

苏格拉底　只因为她们是唯一的神，那其余的全都是胡说的。

斯瑞西阿得斯　凭地神起誓，奥林匹斯山上的宙斯不是我们的神吗？

苏格拉底　什么宙斯？快不要说傻话，哪里有什么宙斯！

斯瑞西阿得斯　你说什么呀？雨是谁下的？你得先把这事情向我解释清楚。

苏格拉底　那自然是她们下的，我可以给你一个很大的证明。喂，你在什么地方、什么时候看见没有云就下起雨来？叫她们走开，让宙斯在青天白日里下下雨吧。 371

斯瑞西阿得斯 阿波罗啊，[68]这真是一个有力的答覆！我先前总相信是宙斯从筛子里撒尿呢！

（向苏格拉底）但是，请你告诉我，雷又是谁放的呢？那声音真叫我发抖！

苏格拉底 那也是她们在卷动的时候放出来的。

斯瑞西阿得斯 怎样卷动？你敢这样说吗？

苏格拉底 她们载满了许多雨水，强迫着运行，并且被一种自然的力量悬挂在空中，因此她们在下降的时候载着雨
384 水的重量互相撞击，发出了雷声。

斯瑞西阿得斯 可不是宙斯强迫着她们运行的吗？

苏格拉底 不是，是空气的转动力逼着她们运行的。[69]

斯瑞西阿得斯 动力，我可不知道这东西，宙斯已经完了，动力出来代替他为王。可是，你还没有告诉我雷声是怎样发出的。

苏格拉底 你还没有听清楚吗？我说，那些云载着许多雨水，在下降的时候因为很笨重，便互相撞击，发出了雷声。

斯瑞西阿得斯 这怎能够叫我相信呢？

苏格拉底 且从你本身说起。你过雅典娜节，喝饱了菜汤，肚子里起了乱子，不是突然就发出了一阵响声？[70]

斯瑞西阿得斯　是呀，凭阿波罗起誓，我肚子里立刻就起了乱子，那里面的汤汤水水就像打雷一样很可怕地响了出来，起初只是轻轻的“拍——拍”“拍——拍”，跟着是“拍拍——拍拍”；等我进厕所的时候，简直是打雷，“拍拍拍拍”，正像她们那样响。

苏格拉底　你想想，那些屁声只不过是从你的肚子里面响出来的，那无边的空气不会那样放出很大的雷声吗？

斯瑞西阿得斯　因此“打雷”和“放屁”这两个词儿也很相像啊！[71]但是，请你告诉我，那闪亮的电火又是从哪里来的呢？那电火落在我们身上，有时候把我们烧成灰烬，有时候虽然没有死，也满身是伤。这明明是宙斯发
出来惩罚那些赌假咒的人的。 397

苏格拉底　你这个大傻瓜，老腐朽！如果宙斯打了那些赌假咒的人，他怎么不把最爱赌假咒的西蒙、克勒俄倪摩斯和忒俄洛斯也都烧死呢？[72]他甚至打了他自己的神殿和雅典海角上的庙宇，还打了那巨大的橡树呢！[73]他为什么要这样做？那橡树总没有赌过假咒吧！

斯瑞西阿得斯　我可不知道，你这话好像说得很对。但是，究竟什么是电火呢？

苏格拉底　当一阵干风吹进了云里，叫她们关住了，它便在那里面把那团云吹成了一个气球，于是猛力地冲破了很厚的云层，这样的奔流撞击便发生了火焰。

斯瑞西阿得斯　是呀，上次过宙斯节，[74]我真碰上了这样的事：我正在为家人烤羊肠，忘了切孔，于是肠子便胀了起来，突然就爆到我的眼睛里，还烧了我的皮，弄脏
411 了我的脸呢。

歌队长　你这位想追求我们的大智慧的凡人啊，你会变作全雅典人里、全希腊人里最幸福的人，只要你的记性很好，又惯于思索，只要你的灵魂受得起磨折，你的身体不辞劳苦，站也站得，走也走得，不怕冷，不怕饿，不喝酒，不到健身场上去干坏事情，[75]还要戒掉一切不良的嗜好。你得要相信最聪明的人便是最好的人，他能够同人家舌战，能够在法庭上和议院里辩论成功。

斯瑞西阿得斯　说起结实的灵魂、不安的枕席、劳心的思想和专吃香菜的挨饿的肚子，你倒不必替我担心，这些锻炼我是经得起的。

苏格拉底　从今后除了我们所信仰的太空、云和舌头三者
424 外，可不要再信仰什么旁的神！

斯瑞西阿得斯　就是我碰见什么旁的神，我也不和他们说话，不给他们献祭、奠酒、供上乳香。

歌队长　大胆地告诉我们，你要我们替你做什么？只要你崇拜我们，只要你会讨乖巧，你绝不会失败的。

斯瑞西阿得斯　诸位女神啊，我只求你们施一点恩惠，使我的口才高人百倍。

歌队长　我们就给你这恩惠，从今后谁也不能够在议院里大发议论，比得上你。

斯瑞西阿得斯　我倒不想大发议论，这不是我所希望的；我只想躲避官司，躲避我的债主。

歌队长　你的希望一定可以满足，因为你并没有很大的野心。快鼓着勇气把你自己交给我们的仆人。 436

斯瑞西阿得斯　我听信你们，就这样做去，因为那匹印花马和我的婚姻把我害苦了，我不能不这样做。随便你们的仆人把我怎样，我把这身子献给他们，不怕饥渴不怕寒，不怕挨打不怕脏，不怕他们剥我的皮来做酒囊，只要我赖得过债，只要人家把我当作一个大胆的人、一个讨厌的骗客、一个虚伪的君子、一个善辩的人、一个流氓、一个讼棍、一个饶舌的小子、一个狡猾的狐狸、一个暴戾的人、一个坏透了的坏蛋、一个讨厌的人、一个滑头的人、一个不好应付的人、一个善于拍马屁的人。如果那些遇见我的人都这样称呼我，随便你们的仆人要怎样就怎样，凭地母起誓，只要他们愿意，他们可以把
456 我制成腊肠来孝敬这批思想家。

歌队长　这儿有一个意志坚强的人，他下了决心，全不畏缩。（向斯瑞西阿得斯）你知道，等你从我们这儿学会了，你在凡间的“声名便会响到天上去”。[76]

斯瑞西阿得斯　这对我有什么好处呢？

歌队长　你一生都可以同我在世上享受快乐的人生。

斯瑞西阿得斯　我真可以享受这种快乐吗？

歌队长　许多打官司的人都会上你的门来找你，来求你指教
475 怎样去控告人家，怎样去答辩，他们会给你很大的报酬。

歌队长　（向苏格拉底）快收了这老头儿，动手教他，快把他的心情鼓励起来，试试他的本领。

苏格拉底　（向斯瑞西阿得斯）来，把你的思想方法告诉我，我知道了过后，才好给你安上新的机器。

斯瑞西阿得斯　安上什么“攻城机”？天神在上，你可不是成心攻击我？

苏格拉底 不是的，我只想问问你，你的记性好不好？

斯瑞西阿得斯 凭宙斯起誓，也好也不好：如果人家欠我钱，我的记性就很好；如果我欠人家什么，哎呀，我就完全忘掉了。

苏格拉底 你有说话的本领吗？

斯瑞西阿得斯 我没有说话的本领，倒有欺骗的本领。

苏格拉底 那么，怎能够学习呢？

斯瑞西阿得斯 当然能够。

苏格拉底 那么，我抛出一些关于自然界的智慧，你立刻就接得住吗？

斯瑞西阿得斯 什么呀？我像狗子那样用嘴来接住你的智慧？

苏格拉底 （自语）真是个没有受过教育的野蛮人！（向斯瑞西阿得斯）老头儿，恐怕我得要鞭打你！来，告诉我，要是有人打了你，你怎么办？

斯瑞西阿得斯 要是有人打了我，我过一会儿就去找见证，再过一会儿就上法庭去控告。

苏格拉底 来，把你的外衣脱了！

斯瑞西阿得斯 我有什么过错呢？[77]

苏格拉底 没有，只是我们规定了入学的时候不穿外衣。

斯瑞西阿得斯 可是我并不是来搜索赃物的。[78]

苏格拉底 快脱了！为什么这样傻？

斯瑞西阿得斯脱了外衣和鞋子。

斯瑞西阿得斯 请你告诉我——

苏格拉底 什么呀？

斯瑞西阿得斯 如果我专心诚意地求学，我会变得像哪一个门徒？

苏格拉底 你的模样和开瑞丰一定不差什么。

斯瑞西阿得斯 哎呀，那我一定是半死的人了。

苏格拉底 快不要这样啰嗦！跟我来，到这儿来！

斯瑞西阿得斯 给我一块蜜糕捏在手里，我害怕进里面去，就像进特洛福尼俄斯蛇洞一样！[79]

509 **苏格拉底** 快进去！为什么在大门前这样慢吞吞？

二人进入右屋。

四　第一插曲

甲　短语

歌队长　再见，你去吧，你是这样的勇敢啊！

愿这人有福，他这么大的年纪，还想干一些年轻人的事业，培养他的聪明才智。 517

乙　插曲正文

歌队长　诸位观众，我当着养育我的酒神，[80]很坦白地对你们说真话。我既然把你们当作很聪明的观众，更把这个剧本当作我最好的喜剧，就让我得胜，让人家承认我很高明。我曾经叫你们先看我这本很卖力气的戏，你们竟自让那两个平凡的诗人胜过了我，[81]我这个不应该失败的人却败下了阵来，因此我抱怨你们这些聪明的人，这出戏原是为你们写的。可是，我总不愿意放弃这种比赛，免得辜负了你们这些聪明的人。记得我在这儿表演过“浪荡儿与纯洁的青年”，[82]很受你们称赞。当着你们表演真是一件很愉快的事啊！那时候我还是个处女，不能够养育婴儿，因此把她抛弃了，叫旁人去捡来抚养，她在你们的高贵的教导下面长成了人。[83]从那时候
532 起我便得到了你们的忠诚的约言，得到了你们的好感。

如今我这个喜剧，正像那闻名的厄勒克特拉，前来寻觅你们这些聪明的观众；如果她看见了，她一定认识她弟弟的“卷发”。[84]请看她的样儿多么温文尔雅！[85]首先一层，她出来的时候，衣服上可不曾挂着那皮制的通红的阳物来逗引孩子们发笑；[86]她没有嘲弄过秃头人，没有跳过下流的跳舞。她没有请出一个老头儿在对话中拿拐杖打人，好遮掩她没有取笑的本领。她没有举着火把跑进来，没有哎呀哎呀地叫唤。[87]她只是信赖

她自己，信赖她自己的诗词。 544

我也是一个英雄诗人，可不曾蓄着长发。我不曾欺骗你们，把同一个剧本演了又演；总是想出一些新的情节来表演，这些情节各自不同，并且是十分巧妙的。[88]正当克勒翁很得意的时候，我在他肚子上打了两下；现在他倒了，我便不忍心再去攻击他。[89]我的敌手可就不然，只要他们擒住了许珀玻罗斯，他们便把这可怜人和他的母亲践踏了又践踏。[90]欧波利斯演出了《急色儿》，首先在那里面攻击他。那家伙改编了我的《骑士》，[91]改得很坏，在里面添进了一个醉酒的老太婆，[92]跳那种下流的跳舞：这方法原是佛律尼科斯首先发明的，他曾经叫那海怪吞吃了一个老太婆。[93]赫耳弥波斯也写过一出戏来攻击许珀玻罗斯，[94]此外还有许多旁的诗人也出来讽刺他，[95]甚至还模仿我的捉鳝鱼的比喻。[96]那些喜欢他们的戏剧的人就不必欣赏我的；至于你们这些喜欢我的独创精神的人，你们的高明眼光一直可以保存到来年今日。[97] 562

丙　短歌首节

歌队　宙斯啊，最高的神，最大的主啊，我首先恳求你来到我们队里；我再恳求你这位威严的神，你挥着三股叉，掀动大地和咸苦的海水；我要祈求我们光荣的父亲、生养万物的神圣的以太；还要祈求你这位天上人间至大的
574 神，你驾着神马，用强烈的阳光普照着大地。

丁　后言首段

歌队长　最聪明的观众，请你们仔细听，我们当面向你们苦诉这种刻薄的待遇：我们比起别的神对这个城邦更有帮助，对你们这样关心，你们竟不曾为我们这些神灵奠酒献祭。只要你们发了疯出师远征，我们不是放出雷霆便送下雨来。[98]当你们选举神们所厌弃的帕佛拉工皮匠来做将军，[99]我们就皱皱眉毛，露出可怕的样儿，“一声霹雳从电光里响了出来”；[100]于是月亮离开了轨道，太阳立刻就卷起了他的“灯芯”，要是克勒翁做了将军，

他再也不照耀你们。可是你们竟选上了他。传说这城邦时常有一些荒谬的见解，好在神们把你们的错误变成了良好的结果。[101]你们要是盼望这回的选举也结成同样的好果，我们可以简单地教教你们：快判定克勒翁这鸬鹚有罪，给他一个贪污和盗窃的罪名，再用木枷套在他的脖子上；那你们便可以看见这城邦的政事，又会和先前一样，好转过来，纵然是你们的见解总还有一点儿荒谬。 594

戊　短歌次节

歌队　阿波罗呀，快来保佑我，你这位得罗斯的王子啊，你统制着那岛上耸立的铿托斯山峰。[102]有福的阿耳忒弥斯呀，你也快来啊，你在厄斐索斯保持着一所金殿，吕狄亚的女郎们在那儿很隆重地敬奉你。[103]快来呀，雅典娜，我们地方上的神啊，你提着宙斯的盾牌镇守这都城。还有你这位享乐的酒神也快来呀，你点着松枝火炬，偕着得尔福的醉酒的伴侣在帕耳那索斯山上游行。[104] 606

己　后言次段

歌队长　正当我们准备到这儿来的时候，我们碰到了月神，她叫我们首先致意雅典人和他们的盟邦的友人；并且说她很生气：因为你们对待她太坏了；她不是在口头上，而是在实际上帮过你们的忙：首先，她每月替你们省下了一块火把钱，你们晚上出门的时候，常这样吩咐："孩子，月光很清亮，不要去买火把。"她说她还做了许多好事，可是你们连历法都不能正确地遵守，把日子弄得乱七八糟的：[105] 她说神们每次回家没有吃的，就把她骂一顿，这都是因为那些节日不曾按照历法举行。每当你们应该祭祀的时候，你们却在拷打仆人，审判官司。每当我们这些神在绝食悲悼墨农或者萨耳珀冬的时候，[106] 你们却在欢笑献酒。因此许珀玻罗斯今年拈得了阄，做"联城会议"的神圣的书记官，我们这些女神便把他的桂冠刮落了，[107] 叫他知道这一生的日子都要
626 按照月亮进行。

五　第二场

苏格拉底自右屋上。

苏格拉底　凭太空、空气和生命的呼吸起誓，我从来没有见过这样粗野、笨拙、这样健忘、这样不中用的人，他每次学习一点精微奥妙，还没有学会便忘掉了。可是我还是要把他叫出来，叫到这露天里来。（唤）斯瑞西阿得
斯，你在哪里？快带着你的小榻出来！ 633

斯瑞西阿得斯　（自内应）这些臭虫可不让我带出来。

斯瑞西阿得斯自右屋上。

苏格拉底　快呀，放在这儿用心听！

斯瑞西阿得斯　得！

苏格拉底　告诉我，你愿意首先学习什么你从来没有学过的

东西？你愿意学“音量”“音律”，还是学用字？

斯瑞西阿得斯 我愿意学“量”，因为才不久一个小贩骗了我两升多麦子。

苏格拉底 这不是我所问的。你认为哪一种“音步”的诗行最好，“三音步”的诗行呢，还是“四音步”的诗行？

643 **斯瑞西阿得斯** 我最喜欢“四升”的容量。

苏格拉底 你这个傻子，快不要胡说八道！

斯瑞西阿得斯 你敢同我打赌吗？看我的“四升”合不合你的“四步”？

苏格拉底 真是个教不会的乡下佬，快滚去喂乌鸦！也许你学得会“音律”吧？

斯瑞西阿得斯 “音律”这东西可能够使我混得到面包吃？

苏格拉底 它能够使你在交际场中显得很风雅，还能够使你知道什么是“战舞节奏”、什么是“达克堤罗斯节奏”。[108]

斯瑞西阿得斯 “达克堤罗斯”吗？这个我可知道。

苏格拉底 你说呀！

斯瑞西阿得斯 还是什么别的，不就是这根中指头？我小时

654 候常这样玩。[109]

苏格拉底 真是个下流的傻瓜！

斯瑞西阿得斯　但是呀，可怜的人，我并不想学这个啊！

苏格拉底　那你想学什么呢？

斯瑞西阿得斯　我想学那个，那个，那歪曲的逻辑。

苏格拉底　可是你得先学学旁的东西：譬如说，什么是真正的阳性的四脚动物？

斯瑞西阿得斯　如果我连这个都不知道，可真是疯了。我知道哪一些是阳性的动物，如像公绵羊、公山羊、公牛、雄狗和鸡。[110] 661

苏格拉底　你看你在做什么？你把母鸡也叫作了阳性的鸡。

斯瑞西阿得斯　怎么讲？

苏格拉底　阳性的叫作“鸡”，阴性的也叫作“鸡”。

斯瑞西阿得斯　凭海神起誓，真是这样的啊！那我应该怎样叫呢？

苏格拉底　你叫阳性的作“鸡公”，阴性的作“鸡婆”。

斯瑞西阿得斯　“鸡婆”！凭空气起誓，这才妙呀！只为了这一点儿指教，我就要送你面粉，把你的和面盆装得满满的。 670

苏格拉底　你看，你又错了：你把“和面盆”叫作了阳性的名称，那应该是阴性的才对。[111]

斯瑞西阿得斯 怎么啦？我把和面盆叫作了阳性的名称吗？

苏格拉底 是的，正像你把克勒俄倪摩斯叫作阳性的名字。

斯瑞西阿得斯 那又怎么讲？告诉我。

苏格拉底 你以为“和面盆”和“克勒俄倪摩斯”同是阳性的字呢。

斯瑞西阿得斯 好朋友，克勒俄倪摩斯哪里有和面盆？他时常在那个小圆臼里和他的面粉。从今后我应该怎样叫呢？

苏格拉底 怎么不叫作“母和面盆”？正如你叫“娑丝特拉忒”。[112]

斯瑞西阿得斯 叫作“母和面盆”！

苏格拉底 这才是正确的叫法。

斯瑞西阿得斯 对了，叫作“母和面盆”，叫作“克勒俄倪妈”。[113]

苏格拉底 我还要教你一些人名。哪一些是男人的名字，哪一些是女人的名字？

斯瑞西阿得斯 我知道哪一些是女人的名字。

苏格拉底 那你就说吧。

斯瑞西阿得斯 如像吕西拉、翡丽娜、克丽塔葛拉、德墨丽亚。[114]

苏格拉底　哪一些又是男人的名字呢？

斯瑞西阿得斯　多得很，如像菲罗克塞诺斯、墨勒西亚斯、亚蜜妮亚斯。[115]

苏格拉底　呵，不中用的东西，这些并不是男人的名字。

斯瑞西阿得斯　你不把这些当作男人的名字吗？

苏格拉底　决不，如果你碰见亚蜜妮亚斯，你怎样招呼他？

斯瑞西阿得斯　怎样招呼他？不就是说“亚蜜妮亚，[116]这儿来！”

苏格拉底　你看，你把这名字叫成了一个女人的名字。

斯瑞西阿得斯　这有什么不对呢？既然是“她”不敢去当兵。[117]这些事情谁都知道，我学来有什么用处呢？

苏格拉底　全没有用处！快躺在这小榻上。

斯瑞西阿得斯　做什么呢？

苏格拉底　用心想想你自己的事情。

斯瑞西阿得斯　我求你别让我躺在这儿。真要我躺，就让我这样躺在地下用心想吧。

苏格拉底　只许那样躺，没有旁的躺法。

苏格拉底进入右屋。

斯瑞西阿得斯　哎呀，我今天会叫这些臭虫苦死了。

歌队 （短歌首节）快把你的精力集中，让甜蜜的睡眠远隔着你的眼睛，让你的意识竭力活动，运用你的思想，观察世间的事物。如果此路不通，立刻就跳到另一种思想
706 上去。[……][118]

斯瑞西阿得斯 哎呀呀！哎呀呀！

歌队长 你在做什么？什么地方痛？

斯瑞西阿得斯 我这可怜的人快要死了！这些臭虫、这些“科林斯人”从小榻的缝里爬出来咬我，[119]在我的肩膀底下大咬特咬，吸吮我的生命的血液，还要拔掉我的睾丸，钻进我的屁眼里去，他们简直要害死我！

歌队长 快不要嚷得这么凶！

斯瑞西阿得斯 我怎能够不嚷呢？我丢了钱又丢了血，丢了鞋子又丢了颜色；除了这些不幸的事情而外，我还得吹
722 着哨子来守夜，[120]我快要死了！

苏格拉底自右屋上。

苏格拉底 喂，你现在在那儿做什么？可不是在沉思吧？

斯瑞西阿得斯 我吗？

苏格拉底 你到底在想什么？

斯瑞西阿得斯 我在想这些臭虫会不会把我的血吸个干干

净净。

苏格拉底 你这个可怜虫真该死！

斯瑞西阿得斯 可是，好朋友，我已经死了！

苏格拉底 快不要这样软弱！好好地盖住你的头，你得想出一个诡计来骗人。

斯瑞西阿得斯 但愿有人“从这些羊皮里”给我抛出一个骗人的诡计来。

斯瑞西阿得斯盖上了头。片刻后苏格拉底把他头上的羊皮揭开一部分来看。

苏格拉底 现在让我首先看这家伙在做什么？（向斯瑞西阿得斯）喂，你不是在睡觉吧？

斯瑞西阿得斯 凭阿波罗起誓，我可没有睡。

苏格拉底 你得着了什么东西？

斯瑞西阿得斯 凭宙斯起誓，什么也没有得着。

苏格拉底 全然没有吗？

斯瑞西阿得斯 没有，只是我右手里捏着的这东西。

苏格拉底 还不快重新盖上，沉沉地思想！

斯瑞西阿得斯 想什么呢？请你告诉我，苏格拉底啊！

苏格拉底 首先想想你要做什么，想好了就告诉我。

斯瑞西阿得斯　我曾经告诉你千万遍我要做什么，不就是想赖人家的利钱吗？

苏格拉底　再盖上你的头，让你的玄妙的思想自由活动，把这件事情正确地分析一下，从各方面细细地考虑一番。

斯瑞西阿得斯　哎呀！

苏格拉底　安静些。如果你的思路不通，就暂且抛开，过一会儿再去推动你的脑筋，再去用心思考。

斯瑞西阿得斯　（揭开羊皮）我最亲爱的小苏格拉底啊！

苏格拉底　什么呀，老头儿？

斯瑞西阿得斯　我想起了一个主意好赖利息。

苏格拉底　快说出来！

斯瑞西阿得斯　告诉我——

苏格拉底　什么呀？

斯瑞西阿得斯　如果我雇了一个帖萨利亚的巫婆，[121]在夜里把月亮取下来，关在一个圆盒子里，当一把镜子好好的保存起来——

苏格拉底　有什么用处？

斯瑞西阿得斯　什么用处？如果月亮不起来，我就可以不付利息。

苏格拉底　为什么不付呢？

斯瑞西阿得斯　因为借贷银钱是按月计算的。[122]

苏格拉底　真妙呀！但是，我还想再抛给你一个另外的难题。告诉我，如果法庭上的书记官记下要罚你三万块钱，你怎样设法去勾消这笔罚款呢？

斯瑞西阿得斯　怎样去，怎样去？我不知道，可是我得想个办法。

苏格拉底　不要老是把你的思想裹在身上，要让它像一只系着腿的金龟虫飞到天空里去。

斯瑞西阿得斯　我想到一个最巧妙的方法，可以勾销那笔罚款，你一定也赞成我这个办法啊！

苏格拉底　什么办法呢？

斯瑞西阿得斯　你在药铺里见过透明透亮的、人家常用来取火的石片吗？[123]

苏格拉底　你是说火镜吗？

斯瑞西阿得斯　是呀！正当那位书记官记下这桩案件的时候，如果我拿着那块石镜站在远处的太阳里，我可以把那胶板上写着的判词融化了。

苏格拉底　凭那三位秀丽女神起誓，这真是巧妙呀！[124]

斯瑞西阿得斯 啊！我很高兴这三万块钱的罚款倒可以因此勾销了。

苏格拉底 快来接着这个问题。

775 **斯瑞西阿得斯** 什么问题？

苏格拉底 如果你站在被告的地位上，因为没有见证，你的官司就要打输了，你又怎样逃避这一场控告呢？

斯瑞西阿得斯 这事情最容易不过。

苏格拉底 快说呀！

斯瑞西阿得斯 我立刻就可以告诉你：如果在我之前还有一桩案子，我便上吊去。

苏格拉底 你胡说。

斯瑞西阿得斯 凭天神起誓，我并没有胡说，因为我既然死了，便不会有人再告我。

苏格拉底 胡说八道！快滚蛋！我再也不教你了。

784 **斯瑞西阿得斯** 为什么呢？我的苏格拉底，再教教我呀！

苏格拉底 可是你刚才学得的立刻又忘记了。你首先学的是什么东西？快说呀！

斯瑞西阿得斯 啊，让我想想，我首先学的是什么？是什么？我们用来和面粉的叫什么东西？哎呀，那是什么东西？

苏格拉底 你这个健忘的老笨蛋，还不快滚去喂乌鸦!

斯瑞西阿得斯 哎呀！我这可怜的人怎样结果呢？我的口才还没有学好，简直就完了！云神啊，请你们忠告我。 794

歌队长 老年人，我们这样忠告你：如果你养得有一个儿子，快送来代替你求学。

斯瑞西阿得斯 我倒有一个儿子，他也是一个“高贵的人”，可是他不愿意来求学，我有什么办法呢？

歌队长 你肯由着他吗？

斯瑞西阿得斯 因为他正值年富力强，并且是科绪拉族的“羽毛丰美”的母亲生的。[125]——但是无论如何，我要去找他；如果他还是不肯，我一定把他赶出门外。 803

斯瑞西阿得斯进入左屋。

歌队 （短歌次节）（向苏格拉底）你知道吗？你立刻可以借重我们这些神得到很多好处：因为这儿有一个人，你叫他做什么他就做什么。你看他多么惊异，多么兴奋！赶快把他舔吃了；要不然，这样的机会是很容易错过的。 813

（次节完）

苏格拉底进入右屋。斯瑞西阿得斯偕斐狄庇得斯自左屋上。

斯瑞西阿得斯 真的，凭雾神起誓，你可不要住在这儿，快滚出去吃你外叔祖家里的石柱子。

斐狄庇得斯 可怜的爸爸，你怎么啦？凭奥林匹斯山上的宙斯起誓，你像是神经错乱了！

斯瑞西阿得斯 听他说，听他说“凭奥林匹斯山上的宙斯起誓”！（向斐狄庇得斯）你真是个傻瓜，你这般的年纪就信仰宙斯！

斐狄庇得斯 你到底在讥笑什么？

斯瑞西阿得斯 我在想你这小子思想这样腐朽。可是，你还是过来，我让你知道知道：告诉你一点道理，你明白了可以成为一个人，可是不足为外人道也。

斐狄庇得斯 我过来了，那是什么呢？

斯瑞西阿得斯 你刚才不是凭宙斯起誓？

斐狄庇得斯 是呀。

斯瑞西阿得斯 你看有了学问多么好？斐狄庇得斯，根本就没有宙斯。

斐狄庇得斯 那又有谁呢？

斯瑞西阿得斯 动力出来赶走了宙斯，统治一切。

斐狄庇得斯 唉，你真是胡说八道！

斯瑞西阿得斯　你要知道这是真的。

斐狄庇得斯　这是谁说的?

斯瑞西阿得斯　是墨罗斯岛上的苏格拉底和开瑞丰说的,[126]他们还知道跳蚤所跳的距离呢。

斐狄庇得斯　你怎么疯狂到这个地步,竟相信了这些疯狂的人?

斯瑞西阿得斯　快不要胡说,快不要侮辱这些聪明的思想家!他们为节俭起见,从来不剃发抹油,从来不到澡堂里去洗澡;你却当是我死了,要把我的尸体和财产
“洗”个干干净净。——你快去代替我入学吧。 839

斐狄庇得斯　我可以从他们那儿学得一些什么有用的知识呢?

斯瑞西阿得斯　可不是真的吗?你可以学得一切人世间的聪明才智,还可以明白你自己多么愚蠢无知。你且在这儿
等一等。 843

斯瑞西阿得斯进入左屋。

斐狄庇得斯　(自语)哎呀,我的爸爸精神错乱了,怎么办呢?到底是把他送到法庭上去告他发疯了呢,[127]还是去通知棺材铺说他得了精神病?

斯瑞西阿得斯自左屋内提着雌雄鸡各一上。

斯瑞西阿得斯　来，告诉我，这叫作什么?

斐狄庇得斯　叫作鸡。

斯瑞西阿得斯　很好。这又叫作什么?

斐狄庇得斯　也叫作鸡。

851 **斯瑞西阿得斯**　这两个是一样的吗?你真是可笑。从今后不要那样叫了，叫这个作“鸡婆”，那个作“鸡公”。

斐狄庇得斯　好个“鸡婆”！这一点鬼聪明是不是你刚才进那些诡辩巨神的屋子里去学来的?

斯瑞西阿得斯　还有许多别的呢！可是我每次学得的东西立刻就忘记了，因为我的年纪太大了。

斐狄庇得斯　你是不是因此把外衣也丢了?

857 **斯瑞西阿得斯**　不是丢了的，是我“想烂”了的。

斐狄庇得斯　你的鞋子又哪里去了?你这个傻子！

斯瑞西阿得斯　我丢了，正像伯里克理斯所说的，为了那不得已的缘故。[128]

我们走吧！只要你听爸爸的话，你就不十分孝敬也不要紧。记得你还是一个口齿不清的六岁孩子，我就听过你的话，把我第一次做陪审员得来的一个俄玻罗斯在

宙斯节那天给你买了一架小马车。 864

斐狄庇得斯 总有一天你要后悔的！

斯瑞西阿得斯 好呀，你已经答应了！（唤）苏格拉底，快来呀！

苏格拉底自右屋上。

我把儿子带来了，他本来不愿意，可是我终于劝动了他。

苏格拉底 他还是个孩子，在我们的筐子里可吊不惯。

斐狄庇得斯 如果把你吊了起来，倒像是一件破衣衫。

斯瑞西阿得斯 该死的东西！你敢咒骂师父？

苏格拉底 你听这个“吊了起来”！说得这么笨，嘴唇又张得那么开。这种口才怎么学得好，怎么供得出证据，逃得了官司，怎么能够反驳人家，推翻对方的理由？可是许珀玻罗斯花了六千块钱公然学会了。 876

斯瑞西阿得斯 不要紧，你教教他吧！他生来就很聪明：很小很小的时候他就会在家里架房子、凿小船、造皮车，还会把石榴子刻成虾蟆，你真想不到他刻得那样巧。让他学习那两样逻辑：那叫作正直的逻辑和歪曲的逻辑，那后者往往用无理取闹的话来制胜前者。如果学不了两样，无论如何要叫他学会歪曲的逻辑。

苏格拉底 就让他站在那两种逻辑面前学学吧。我要走了。

苏格拉底进入右屋。

斯瑞西阿得斯 （追向苏格拉底）只请你记住他一定得驳倒
888 一切正义的理由。

六　第三场（第一次对驳）

逻辑甲和逻辑乙自右屋上。[129]

逻辑甲　你如果有胆量，过这儿来，当着观众献献丑！

逻辑乙　“随便到什么地方去”！[130]当着大众面前，我更好辩胜你。

逻辑甲　你辩得胜我？你是什么东西？

逻辑乙　我是逻辑。

逻辑甲　你原是一个弱者！

逻辑乙　可是我胜得过你，虽然说你比我强。

逻辑甲　凭什么鬼聪明？

逻辑乙　凭我的新思想。

逻辑甲　你的思想只能在这些傻子面前（指着观众）开花

结果。[131]

逻辑乙 他们不是傻子，是聪明人。

逻辑甲 我要弄死你！

899 **逻辑乙** 请问你怎么弄？

逻辑甲 只要我说出正义的话。

逻辑乙 但是我可以反驳你，立刻就把你推倒。我告诉你，根本就没有“正义”这东西。

逻辑甲 你说没有吗？

逻辑乙 什么地方有呢？

逻辑甲 天神那里有。

逻辑乙 如果正义存在的话，那束缚父亲的宙斯怎么没有被判死刑呢？[132]

逻辑甲 唉，这来势真凶，快给我一个痰盂！

逻辑乙 你真是一个腐朽的老笨蛋！

逻辑甲 你却是一个不要脸的色鬼！

逻辑乙 你赠了我一朵玫瑰花。

901 **逻辑甲** 一个小丑！

逻辑乙 你给我戴上了一朵百合花。

逻辑甲 一个杀父的逆子！

逻辑乙 你可不知道你撒给我多少黄金!

逻辑甲 我撒给你的不是黄金，是铅。

逻辑乙 但如今却变作了我的装饰品。

逻辑甲 好大胆的东西!

逻辑乙 你太老朽了!

逻辑甲 全都是因为你的缘故，年轻人再不愿进学堂，雅典人准会知道你的门徒是傻瓜! 919

逻辑乙 你穿得多么可耻，多么脏!

逻辑甲 你如今走运了! 可是你先前多么穷，却说你是“密西亚的国王忒勒福斯”，从你的破行囊里大啃潘得勒托斯的名言。[133]

逻辑乙 哎呀! 你说了一句聪明话。

逻辑甲 哎呀! 你这个疯子呀! 哎呀! 这生养你的都城呀! 你竟把它的年轻人带坏了!

逻辑乙 你这个老腐朽可不配教他。

逻辑甲 如果他想要得救，如果他不仅是想学习口才，就得要我来教。

逻辑乙 （向斐狄庇得斯）过这儿来，让他去装疯。

逻辑甲 你要后悔的，如果你用手去拖他。 933

歌队长　你们不必争吵！（向逻辑甲）你且把你教训前一辈人的话说出来；（向逻辑乙）你也把你的新教育说出来：他听了你们两人的辩论，才好挑选他所要进的学堂。

逻辑甲　我愿意这样做。

逻辑乙　我也愿意。

歌队长　好呀，谁先开口？

逻辑乙　我让他先说，但是，我要根据他自己所说的话，利
用新的言辞和思想将他射倒。如果他到后来还要动口，
我便用那蜂蚕似的哲理名言向着他的脸上和眼中刺去，
948 一直把他刺死。

歌队　（短歌首节）双方都信赖那深沉的思想，美妙的言辞，
且看哪一方的口才高明得多。如今双方智慧的冒险开始
958 了，我们这两位朋友为了这事情大起竞争。（首节完）

歌队长　（向逻辑甲）你曾经给前一辈人戴上许多优美的德
行，就请你先说吧，你想说什么就说什么，快把你自己
960 的本领显出来。

逻辑甲　我要谈谈旧时代所制定的教育：那时代我很成功的传授正直的德行，人人都遵守贞洁、谨慎、廉耻和节制。首先一层，孩子们不许说话只许听；甚至大雪天，

同区的学生都只穿着贴身衣集合得整整齐齐，一同穿过大街前赴乐师家里。他们在那儿张开腿站着，学习唱歌，不是唱“远扬的战歌”，便是唱“可畏的毁灭城堡的雅典娜”，[134]大家的声调都很和谐，这和谐原是由他们的祖先传下来的。如果有人发出抖颤的音调，或者唱出滑稽的声音，像佛律尼斯那样玩弄花腔，[135]他一定会被人家打得要死不活的，因为他破坏了音乐。 972

这些孩子在健身场上伸着腿坐着，没有人做出怪样子给外人看见。他们站起来的时候，总是把沙子填平，不留一点屁股的痕迹给好事的人看见。没有一个儿童把油膏抹到肚脐以下，所以他们的私处会像桃子那样长着一层细嫩的绒毛。没有人放出柔软的声音，飞着淫荡的眼睛去接近他的爱人。

谁也不许在正餐上抢一头生萝卜，谁也不许同长辈争吃茴香子和芹菜，更不许专食美味佳肴，不许吃吃地笑，不许叉着腿。 983

逻辑乙 那是古宙斯节的时代、充满了金蝉的时代、刻刻得斯的时代、杀牛献祭的时代的风气！[136]

逻辑甲 可是我曾经用那种教育来养成了马拉松的英雄。你如今却教年轻人很早就裹上了长袍。每当他们在雅典娜节里跳舞的时候，他们总是不敬神，用盾牌来遮着他们的大腿，我看了真气得要死！

（向斐狄庇得斯）因此，年轻人，你尽管大胆地挑选我这位强有力的逻辑！从今后你知道讨厌市场，不进公共的澡堂里去；看见羞耻的事情便会红脸；如果有人嘲笑你，你立刻就会冒火；更知道孝敬父母，看见尊长前来便起身让座；不做一切可耻的事情，在你的心里养成羞耻的观念；不要到舞女那里去，怕的是你见了那些妓女，她们会用苹果来打你，[137]那会打破你的名誉；不要在口头上忤逆你的父亲，不要叫他作老腐朽，不要记住你儿时所遭受的小冤仇，那时节他多么辛苦地养育你。

逻辑乙 凭酒神起誓，年轻人，你听了他的话，就会变作一条“豚儿”，人家会把你当作一个“叫妈妈要蜂糖吃的儿子”。

逻辑甲 不，你在健身场上过日子，会长得很健美丰润，不至于像现在这样到市场里去谈天儿，开玩笑，也不至于为了那诡诈的小讼事叫人家带到法庭上去。你可以陪着一些纯洁的青年友伴到学园下的橄榄林间去竞走，[138]

你们头上戴着白芦的花冠，时间金银花、“逍遥花”和白柠檬的芳香；正当阔叶树和榆树私语时，你们好赏玩那春光。 1008

只要你依照我的话做去，只要你留心这些事情，你的胸膛永远阔大，你的皮肤永远光滑，你的肩膀很宽，舌头却很窄。但是，如果你追随他去，首先，你的皮肤会掉色，你的肩膀会变窄，你的胸膛很紧，舌头却很长，还有，你的建议也就会拖得很长很长；你会叫人家蒙蔽，把坏事看成了好事，把好事看成了坏事；还会染上安提马科斯的淫荡的行为。[139] 1023

歌队 （短歌次节）你所磨练出来的智慧是这样崇高显耀！纯洁的美德从你的言谈里吐出了甜蜜的花香！〔那前一个时代的人真是有福呀！（向逻辑乙）巧言善辩的人啊，他既然挣得了好名誉，你也得道出些什么新鲜的见解来。〕[140]（次节完） 1033

歌队长 如果你想击败他，免得人家笑话你，最好用巧妙的办法对付他。 1035

逻辑乙 真的，我很早就气得出不了气了，恨不得用相反的见解来驳倒这一切。那些思想家总把我当作歪曲的逻辑，正因为我首先发明了这种逻辑，能够在法庭上驳倒一切法令。我应用一些歪曲的理由，反能够战胜正直的强者，这方术值得千万两黄金。（向斐狄庇得斯）请看我怎样驳倒他所夸奖的旧教育。他首先说不让你去洗热水澡。（向逻辑甲）你到底有什么理由说热水澡洗了

1045 不好？

逻辑甲 因为很有害处，叫人洗了软弱胆小。

逻辑乙 等一等！我立刻就抱住了你的腰，你再也逃不掉！告诉我，在宙斯的儿子当中，你以为哪一个最勇敢不过，吃得了许多苦处？快说呀！

逻辑甲 我认为赫剌克勒斯最勇敢不过。[141]

逻辑乙 你在哪里见过冷水浴也叫作“赫剌克勒斯浴”？[142]还有什么人比他更勇敢呢？

逻辑甲 这正是那些年轻人一天到晚在澡堂里谈论的事情，

1054 那里面挤满了人，健身场上却是空空的。

逻辑乙 你跟着又反对市场里的演说辩论，我却很赞成。如果那是不好的习惯，荷马便不会叫涅斯托耳和旁的哲人到市场里去演说。[143]讲起这件事情，我却要论及口才问题：他说年轻人不得学习口才，我却说应该学习；他

还说年轻人应当节欲：这两种意见都是很有害的。（向逻辑甲）你见过什么人保持着这种德行得过什么好报没有？快说呀！赶快驳倒我！

逻辑甲 我见过很多呢！珀琉斯就因此得过一把宝剑。[144]

逻辑乙 一把宝剑！那可怜的家伙得到了一件多么美的赠品！那卖灯盏的许珀玻罗斯却凭他所学得的诡计得到了千百两黄金，可不是一把小剑。 1066

逻辑甲 珀琉斯还为了这贞洁的德行娶了忒提斯女神呢。[145]

逻辑乙 那女神却抛掉他出奔去了！因为他不够热烈，不能够整夜里在床第间作乐，不能讨那淫荡的女神喜欢。[146]（向逻辑甲）你这个老马还不快滚！

（向斐狄庇得斯）年轻人，你想想节欲有什么意义，你不能享受一切的快乐：没有娈童、女人，没有酒，没有食，没有笑，缺少了这些乐趣，你的生命还有什么价值？我还要从这儿谈到人性里的情欲问题：譬如说你偶然失足，同什么妇人发生了私情，犯了奸淫的罪过，叫人家捉住了，那时候倘若你一句话也不会说，可就糟了！快同我交游，任意取乐，跳呀，笑呀，这世上并没有什么可耻的事情。就是你不幸叫人家捉奸捉住了，你

可以告诉那女人的丈夫，说他全然没有罪：你向他提起宙斯，说神尚且叫情欲和女人征服了，何况是你：你不
1082 过是一个凡人，怎样比得过神？

逻辑甲 如果有人听了你的话，叫人家在屁眼里插进了一根萝卜，拔去阴毛，再用热灰撒上，你怎能够说他不是兔崽子呢？

逻辑乙 就说是兔崽子，又有什么害处呢？

逻辑甲 天地间还有什么更有害的事情？

1088 **逻辑乙** 如果我在这一点上面辩胜了你，你还有什么可说的？

逻辑甲 那我就不作声了，我还有什么可说的？

逻辑乙 来，告诉我！那些法律家是什么人？

逻辑甲 兔崽子。

逻辑乙 我相信你这话。那些悲剧家又是什么人呢？

逻辑甲 兔崽子。

逻辑乙 很对。那些演说家又是什么人呢？

逻辑甲 也是兔崽子。

逻辑乙 一点不差，可是你知道你在胡说八道吗？你抬头望望哪一些观众是兔崽子。

逻辑甲 我正在望呢。

逻辑乙 你望见了吗？ 1097

逻辑甲 天呀，差不多全都是兔崽子！我知道这一位是，那一位是，还有一位头发很长的也是。

逻辑乙 你还有什么可说的？

逻辑甲 我失败了！（向“思想所”里面的人）你们这些淫邪的人啊！快接受我的外衣，我要来加入你们！ 1104

逻辑甲抛了外衣，随着逻辑乙进入右屋。苏格拉底自右屋上。

苏格拉底 现在怎么办？你到底想把你的儿子带回去呢，还是让我来训练他的口才？

斯瑞西阿得斯 快训练他，鞭打他，千万记住要替我把他的口才训练好，使他的舌锋一方面可以应付那些小讼事，一方面可以解决那些大事。

苏格拉底 你不必担心，我一定交还你一个成功的诡辩家。 1112

斐狄庇得斯 我想是一个怪可怜的苍白的人吧！

苏格拉底和斐狄庇得斯走向右屋，斯瑞西阿得斯走向左屋。

七　第二插曲

甲　短语

歌队长　你们进去吧!（向斯瑞西阿得斯）我想你要后悔的。

乙　后言

歌队长　我们想告诉你们这些评判员，[147]如果你们正当的帮助我们，你们可以得到许多好处：正当你们想在春天趁早翻泥播种的时候，我们首先给你们降下雨水，旁的人却要等到后来；更替你们看护庄稼与葡萄，不让太干也不让太潮了。但是，如果有人敢于待慢我们这些女神，当心我们叫他受苦：他的庄地上产不出麦粮，酿不熟美酒！正当他的橄榄树与葡萄藤长芽的时候，我们便降下冰雹来把它们毁掉了；如果我们看见他晒砖头，[148]我们就下着绵雨；还用那圆弹似的小雹来击破他屋顶上的瓦；如果他自己或者他的亲戚朋友要迎亲，我们就通夜下雨；[149]到那时他也许愿意到埃及去，[150]免得在这儿乱评判。

八　第四场

斯瑞西阿得斯自左屋内扛着一袋面粉上。

斯瑞西阿得斯　二十六、二十七、二十八、二十九，于是“新旧日”立刻就到了，[151]那正是我最讨厌、最害怕、怕得发抖的日子：因为我的债主们全都要押上讼费，[152]他们发誓要害我，害死我！我对他们的请求是很公平合理的：“好朋友，请不要就追索这笔数目，有一笔再拖几天，还有一笔就算饶了我吧！”他们虽是口头上答应不必还了，却又骂我没有信用，还说要去告我呢！现在由他们去告吧！我一点也不在乎，只要我的儿子已经学会了说话。我赶快到“思想所”去敲门吧！（叫门）喂！孩子，孩子！

苏格拉底自右屋上。

苏格拉底　欢迎呀，斯瑞西阿得斯！ 1145

斯瑞西阿得斯　我也欢迎你！请你首先接受了这一袋（把面粉交给苏格拉底），当门徒的应该孝敬孝敬师父才对。告诉我，你刚才带进去的孩子学会了那种逻辑没有？

苏格拉底　他已经学会了。

斯瑞西阿得斯　真妙呀，全能的骗术啊！

苏格拉底　你想赢的官司都赢得了。

斯瑞西阿得斯　甚至我当着见证人借了钱，也赢得了吗？

苏格拉底　见证人越多越好，多到一千更好！ 1153

斯瑞西阿得斯　“我要费尽平生的力气大声疾呼”：[153]你们这些吃高利贷的人啊，快哭呀！你们和你们的“母”金以及“子”息的“子”息，[154]快哭呀！你们再不能窘我了，因为我在家里养了个这样的儿子，他已经把他的舌头磨成了光亮亮的双锋！他是我一家人的救星、我自己的卫星、我仇人的彗星！他替爸爸解除了这天大的忧患。（向苏格拉底）请你去把他叫出来！

苏格拉底进入右屋。

“我的孩子，我的儿！你听了爸爸的声音，快从屋里出来！”[155]

苏格拉底偕斐狄庇得斯自右屋上。

苏格拉底 他出来了。

斯瑞西阿得斯 亲爱的啊亲爱的！

苏格拉底把斐狄庇得斯交给斯瑞西阿得斯。

1169 **苏格拉底** 你带着他去吧！

苏格拉底进入右屋。

斯瑞西阿得斯 我的孩子，我的儿！我首先看见你这苍白的颜色就很喜欢！你如今显出了那种抵赖和好辩的态度，你的唇边更带着本地人的表情，[156]好像在说“你说的是什么东西”！我十分相信你害人的时候反能够装出被害的样儿；你脸上并且带着一副道地雅典人的神情。既
1177 然是你从前毁了我，你如今正好救救我。

斐狄庇得斯 你怕什么呀？

斯瑞西阿得斯 我怕这个“新旧日”。

斐狄庇得斯 哪里有什么“新旧日”？

斯瑞西阿得斯 这便是我的债主们要去缴押讼费的日子。

斐狄庇得斯 那些缴押了的人可要倒霉的：因为一个日子决不能够同时是“新日”又是“旧日”。

斯瑞西阿得斯 真的不能够吗？

斐狄庇得斯 怎么能够呢？除非是一个女人能够同时是老太婆又是少妇！

斯瑞西阿得斯 可是法律上是那样规定的。

斐狄庇得斯 我想是那条法律的意义被人家解释得不正确。

斯瑞西阿得斯 那又是什么意义呢？

斐狄庇得斯 我们的老梭伦生来就是很仁民爱物的。[157]

斯瑞西阿得斯 这和“新旧日”有什么相干？ 1188

斐狄庇得斯 他规定了两个传票的日子，一个是旧月的末日，一个是新月的初日；[158]但讼费应该在新月里缴押。

斯瑞西阿得斯 可是他为什么要规定一个“旧日”呢？

斐狄庇得斯 我的好爸爸，这样才好让那些被告早一天到法庭上去和解；要是不能够和解，第二天早上他们双方便有些麻烦了。

斯瑞西阿得斯 那些主席官为什么要在旧月底收取讼费，不等到新月初呢？

斐狄庇得斯 我想是他们急于要吞没人家的讼费，正像那些尝味的人，想早一天尝尝罢了！[159] 1200

斯瑞西阿得斯 （向斐狄庇得斯）你说得妙！（向观众）你们

这些可怜虫，哲人的掳获品，你们为什么那样愚蠢地坐在那儿？难道你们是石头，是凑数的东西，是羊子，是成行的水缸？还得要我自己来为了这胜利替我们父子高唱凯歌：[160]“幸福的斯瑞西阿得斯，你有了才智，更养出了这样好的儿子！”（向斐狄庇得斯）我的亲友和乡邻看见你说说话就打赢了一切的官司，他们一定会这样

1210 羡慕地说。快进屋里去，我要首先款待款待你！

斯瑞西阿得斯和斐狄庇得斯进入左屋。帕西阿斯偕一证人自观众右方上。

帕西阿斯 什么？一个人应该这样把钱白白扔掉吗？倒不如那时候老着脸皮不出借，也免得这样自讨麻烦。我拖着你去做证人，好追回我的款子。也许我会变作那位同乡老头儿的仇人！可是我非告斯瑞西阿得斯不可，我活在世上决不能辱没我的祖国。[161]

斯瑞西阿得斯自左屋上。

斯瑞西阿得斯 我还以为是谁呢！

帕西阿斯 新旧日快到了！

斯瑞西阿得斯 （向观众）请你们作证，他说的是两个日子。

1223 （向帕西阿斯）你找我干什么？

帕西阿斯　因为你借了我一千二百块钱去买了那匹有斑纹的灰色马。

斯瑞西阿得斯　什么马？（向观众）你们大家听见吗？你们全都知道我是很讨厌马的。

帕西阿斯　凭宙斯起誓，你曾经当天赌咒一定还我。

斯瑞西阿得斯　是的，只因为那时候我的儿子还没有学会那不败的逻辑呢！

帕西阿斯　你是不是故意不承认？

斯瑞西阿得斯　要不然，他一肚子的学问有什么用处呢？

帕西阿斯　你愿意当着我所指定的神否认这事吗？

斯瑞西阿得斯　当着什么神呢？ 1233

帕西阿斯　当着宙斯、买卖神和海神。[162]

斯瑞西阿得斯　我当着宙斯，还押上三个俄玻罗斯来起誓！

帕西阿斯　你这样无耻，要倒霉的！

斯瑞西阿得斯　把你的皮用盐水来制过，倒可以变作一个很好的酒囊呢！

帕西阿斯　天呀，你拿我来开玩笑！

斯瑞西阿得斯　还装得下十来斤酒呢！

帕西阿斯　凭至大的宙斯和一切的神起誓，你不能白白地骂了我。

斯瑞西阿得斯 我听了这些神的名字十分好笑；你凭宙斯起誓，在我们这些学者听来未免太滑稽了！

帕西阿斯 总有一天你要受惩罚的！你到底还不还我钱？快回答，我要走了。

斯瑞西阿得斯 安静一点，我立刻就明白地答覆你。

斯瑞西阿得斯进入左屋。

帕西阿斯 你以为他要做什么？

证人 我以为他要还你钱呢！

斯瑞西阿得斯自左屋内端着一个和面盆上。

斯瑞西阿得斯 那向我索债的人哪里去了？（向帕西阿斯）快说呀，这是什么？

帕西阿斯 这是什么？是“和面盆”。

斯瑞西阿得斯 你这样的人也配来索债吗？我决不还一个俄玻罗斯给一个把“母和面盆”叫作“公和面盆”的人。

帕西阿斯 真的不还吗？

斯瑞西阿得斯 只要我懂得这个分别，我就不还。你还不快走，还不快从我的门前滚蛋！

帕西阿斯 我就走，可是你要知道，我若是不去缴押讼费，就该我死！

斯瑞西阿得斯 那么，除了那一千二百块老本而外，你还要赔许多钱呢！我真不愿意你这个连和面盆都不会叫的傻子遭受损失。 1258

帕西阿斯和证人自观众右方下。

阿密尼阿斯 （自外呻吟）哎哟！哎哟！

阿密尼阿斯自观众右方上。

斯瑞西阿得斯 喂，谁在那儿叫唤？可不是卡喀诺斯剧里的神灵在那儿吵闹吧？[163]

阿密尼阿斯 什么？你想知道我是谁吗？一个倒霉人！

斯瑞西阿得斯 你自己留下“霉”，别“倒”给人家。

阿密尼阿斯 “严厉的女神呀！命运呀！你摔破了我的车轮！”“雅典娜呀！你害了我！”[164]

斯瑞西阿得斯 特勒波勒摩斯怎样害了你呢？

阿密尼阿斯 好朋友，请不要同我开玩笑，快叫你的儿子把他所欠的钱还给我吧！我已经够倒霉了！

斯瑞西阿得斯 什么钱呀？ 1270

阿密尼阿斯 他欠我的钱。

斯瑞西阿得斯 我想你真是倒了霉！[165]

阿密尼阿斯　我真的在赶马的时候翻了出来。[166]

斯瑞西阿得斯　你为什么胡说八道？好像是跌下了“驴”（谐“颅”）。[167]

阿密尼阿斯　我想要追回我的款子，也算胡说八道吗？

斯瑞西阿得斯　你的头脑不清楚。

阿密尼阿斯　你这是什么意思？

斯瑞西阿得斯　我想你的头脑好像受了震动。

阿密尼阿斯　凭买卖神起誓，我想你要吃官司的，假如你不还我钱。

斯瑞西阿得斯　现在请你告诉我：你以为天上每次落的雨都是新鲜的呢，还是太阳从地上吸回去的旧水？

阿密尼阿斯　我不知道哪一种说法对，也不关心这事情。

斯瑞西阿得斯　你对于这种自然的现象一点不懂，也配在这儿索债吗？

阿密尼阿斯　如果你们没有那许多钱，暂且把子息付给我吧！

1286 **斯瑞西阿得斯**　“子息”是什么动物呢？

阿密尼阿斯　那母金不是按月按日，随着时间渐渐地生息吗？

斯瑞西阿得斯　你说得好听！那又怎么样呢？你认为海里的水比从前涨了些吗？

阿密尼阿斯 凭宙斯起誓，可没有涨；要是涨了，便不正当了。

斯瑞西阿得斯 那些江河流进了海里，海水尚且不见高涨，你这个倒霉人却想你的本钱生长吗？还不快从我的屋前滚蛋！谁给我拿刺棍来！

阿密尼阿斯 （向观众）我求你们做见证！

斯瑞西阿得斯 快滚吧！你还在等什么？你这匹印得有“介” 1302
字花纹的马还不快跑！[168]

阿密尼阿斯 这不是侮辱吗？

斯瑞西阿得斯 还不快跑？我要用刺棍来刺你的屁股，刺你这匹挽车的马！

阿密尼阿斯自观众右方急下。

还不快逃？我要把你和你的车子、轮子赶得飞跑！

斯瑞西阿得斯进入左屋。

九　合唱歌

歌队　（首节）那些好骗的行为到底是出于什么心理？你看这老头儿竟染上了这种嗜好，总是想欺骗他的债主，不付银钱。这诡辩的老人今天就会遇着什么事情，因为他做出了这许多欺诈的行为，立刻就要倒霉的。

（次节）他求了许久，希望他的儿子变得很聪明，能够说出一些反面的理由和一些欺诈的话来驳倒正当的道理，来胜过他的对手。我想他的希望立刻就可以实现，但是呀，也许他会愿意他的儿子生下来就是个哑巴。

十　第五场

斯瑞西阿得斯端着一只酒杯自左屋内冲出来，斐狄庇得斯在后面追赶。

斯瑞西阿得斯　哎哟！哎哟！我的街邻亲友，我的小同乡啊！快来救命呀！我挨打了，一定来呀！哎哟！我的脑袋呀！我的下巴呀！哎呀！（向斐狄庇得斯）你这个蛮横的东西，竟自打起爸爸来了？[169]

斐狄庇得斯　是呀，爸爸！

斯瑞西阿得斯　（向观众）你们看，他承认打了我。

斐狄庇得斯　是呀！

斯瑞西阿得斯　你这个坏东西！你这个打父亲的！你这个小偷！

斐狄庇得斯 快骂呀！多骂一些！要知道，你越骂得凶，我越高兴。

斯瑞西阿得斯 你这个兔崽子！

斐狄庇得斯 你撒出了许多朵玫瑰花。[170]

斯瑞西阿得斯 你竟自打起爸爸来了？

斐狄庇得斯 凭宙斯起誓，我要表明我应该打你。

斯瑞西阿得斯 坏透了的东西！儿子应该打爸爸吗？

斐狄庇得斯 我可以证明，并且能够辩胜你！

斯瑞西阿得斯 你能够在这一点上面辩胜我吗？

斐狄庇得斯 最容易不过。你愿意挑选哪一种逻辑来同我辩论？

斯瑞西阿得斯 什么逻辑呀？

斐狄庇得斯 正直的逻辑和歪曲的逻辑。

斯瑞西阿得斯 哎呀，我的儿，原来是我叫你去学习怎样驳倒正当的理由，你如今却来说服我，说儿子应该打父亲，打得正好！

斐狄庇得斯 我想我可以说服你，你听了过后，一句话也回答不出来。

斯瑞西阿得斯 我倒想听听你怎样辩驳。

十一　第六场（第二次对驳）

歌队　（短歌首节）老年人，你想一想怎样才能够胜过他。他要是没有什么东西可以倚靠，便不会这样放肆，这样莽撞：他那种骄横的态度多么明显啊！（首节完）

歌队长　（向斯瑞西阿得斯）这一场争论是怎样开始的？你得告诉我，这事情你一定做得到。

斯瑞西阿得斯　我告诉你这一场争论是怎样开始的：正当我们在宴会的时候，——正如你所知道的，——我首先叫他抱着弦琴唱西蒙尼得斯赞美“羊力士被剪”（谐“践”）的歌。[171]哪知他立刻就说，喝酒的时候弹琴唱歌就像一个女人磨麦子，同样是一件笨重的事。

斐狄庇得斯　你把我当一只蝉来款待，[172]叫我唱歌，我不

1360 该立刻就打你、踏你两脚吗？

斯瑞西阿得斯 这正是他在屋里向我说的，他还说西蒙尼得斯是一个很坏的诗人。我起初勉强忍耐，再叫他拿着桃金娘念一段埃斯库罗斯的诗。[173]他立刻就回答说：“我也把埃斯库罗斯当作头一个诗人吗？他的诗前后不连贯，充满了吵闹的声音、夸张的言辞和粗糙的字句。”你相不相信那时候我的心那么跳动，可是我依然压制着我的怒气说：“那你就念一点现代的诗歌，念一点美妙的东西吧！”于是他念了一段欧里庇得斯的戏词，那里面说起一个哥哥诱奸了他同母的妹妹！——阿波罗保佑我们！[174]我当时再也忍不住了，马上就骂出了许多可羞可耻的话来！于是我一句，他一句，于是他扑了过来

1376 打我、踢我，于是他扼着我的喉咙勒死我。

斐狄庇得斯 我有什么不对呢？你不赞美欧里庇得斯吗？不赞美那最聪明的诗人吗？

斯瑞西阿得斯 （向斐狄庇得斯）我也赞美他作最聪明的诗人？——我不知道该怎样骂你呢。

（向歌队）他又要打我了！

斐狄庇得斯 凭宙斯起誓，我应该打你！

斯瑞西阿得斯 你既然是我养出来的，怎么应该打我呢？你这个忘恩负义的东西！记得你说话还说不清楚的时候，我便知道你要什么。如果你叫“布噜布噜”，我便知道给你奶喝；如果你想要“粑粑”，我就给你面包吃；你还没有叫出“喀喀”，我就带你到门外来，双手捧住你的屁股。可是你刚才扼着我的喉咙，我嘶嘶的呻唤，想要喘一口气，你这个坏东西却没心把我带到门外来，还叫我闭着气，在那里“喀喀”呢。 1390

歌队 （短歌次节）我想千万个年轻人一定是提心吊胆地听他怎样回答。如果他做出了这样的事，还能够辩得使我心服，那我就不肯花一颗豌豆的代价去换老年人的皮肉。（次节完） 1396

歌队长 你这个新语言的举重家啊，快想出一些动听的话，听起来好像很有道理。

斐狄庇得斯 我懂得了这种新的技巧和美妙的语言，能够藐视那些既定的法律，这真是一件痛快事！记得从前我只爱玩马的时候，我说不上三个字就要闹笑话；可是如今他改变了我的生活，叫我去留心巧妙的思想和语言，我相信我可以证明儿子应该打父亲。

斯瑞西阿得斯　凭宙斯起誓，你现在快去玩马吧，我宁肯替
1407 你养四匹马，免得在这儿挨打受罪。

斐狄庇得斯　你打断了我的话，我要说回去。我首先问问你：我小时候你打过我没有？

斯瑞西阿得斯　打过你，我原是疼你，为你好啊！

斐狄庇得斯　告诉我，你既然说为我好而打我，我如今也照
样为你好而打你又有什么不对呢？怎么啦？我的身体应
该挨打受罚，你的身体就不应该吗？我不是生来也是个
自由人吗？“你以为儿子应该叫痛，父亲就不应该叫
痛吗？”[175]也许你会说，照法律讲来，只有儿子才挨
打；可是我告诉你，人一老了便“返老还童”，年老人
比起年轻人更应该挨打，因为他经验多了，更不应该做
1419 错事情。

斯瑞西阿得斯　可是法律上并没有说当父亲的应该受这样的苦处呢。

斐狄庇得斯　当初制定法律的人不就和你我一样，同是凡人吗？他的话居然能够使古时的人敬信。我为什么不能够为我们的后代儿孙制定一条新的法律，让儿子回敬他们的父亲？在这条法律还没有成立以前我们所受的鞭打，

我们并不记仇，愿意白受了。试看那些小鸡和旁的牲畜，它们尚且和父亲打架，鸡和人有什么分别呢？只不过它们不能够制定法律罢了！ 1429

斯瑞西阿得斯 你既然什么事都学那家禽，怎么不去吃粪土，不到木架上去栖息呢？

斐狄庇得斯 老头子，这又当别论，在苏格拉底看来，这又是一回事。

斯瑞西阿得斯 这样看来，你还是不要打爸爸吧；要不然，你只好抱怨你自己。[176]

斐狄庇得斯 为什么呢？

斯瑞西阿得斯 我既然有权利惩罚你，你也就有权利惩罚你的儿子，只要你养得有。

斐狄庇得斯 万一我没有养得有，岂不是白叫你打了？那你笑话我，就要笑死了。

斯瑞西阿得斯 你们这些年老的观众啊，我想他的话说得很对，我得同意儿子有这种公平的权利。如果我们做错了事，倒是应该挨打呢。

斐狄庇得斯 你再想想另一个观念。

斯瑞西阿得斯 那可就要我的命了！ 1440

斐狄庇得斯　也许你听了不会再悲伤你刚才挨打的事。[177]

斯瑞西阿得斯　怎么不会呢？告诉我，这对我有什么好处呢？

斐狄庇得斯　我还要打我的母亲，正像我打了你一样。

斯瑞西阿得斯　你说什么？什么？这件事更是大逆不道！

斐狄庇得斯　如果我用歪曲的逻辑来辩胜了你，说我应该打我的母亲，那又怎样呢？

斯瑞西阿得斯　那又怎样呢？如果你做出了这种事，可没有什么东西会阻挡你和你的苏格拉底以及他的歪曲的逻辑
1451 落到罪人坑里去。[178]

十二　退场

斯瑞西阿得斯　云神啊！这些苦处都是因为你们的缘故，因为我把我的一切都托付了你们。

歌队长　这全是你自己的错，因为你要去做坏事。

斯瑞西阿得斯　你们为什么不早告诉我，反而鼓励一个乡下的老头儿去做那种事呢？

歌队长　我们每次看见一个想做坏事的人，总是这样对待
他，直到我们把他毁了，叫他知道敬畏神明！ 1461

斯瑞西阿得斯　哎呀！云神啊！这虽然是苦，却也活该，因为我不应该借了人家的钱，成心欺骗。

（向斐狄庇得斯）现在，我的儿，快同我去结果了那可恶的开瑞丰和苏格拉底，全是他们欺骗了你和我。

斐狄庇得斯 我可不愿意害我的师父。

斯瑞西阿得斯 你应该“尊敬我们祖先的宙斯”。[179]

斐狄庇得斯 听他说什么“我们祖先的宙斯”！（向斯瑞西阿得斯）你真是个老腐朽！哪里还有什么宙斯。

斯瑞西阿得斯 真的有呀！

斐狄庇得斯 没有，没有，因为动力出来赶走了宙斯，代替他为王。

斯瑞西阿得斯 “动力”哪里赶走了宙斯？那只是我看见了这“杯子”，相信有那么一回事。我真是傻，竟把这陶器当作了神。[180]

斐狄庇得斯 你就在这儿神经错乱、自言自语吧！

斐狄庇得斯自观众右方下。

斯瑞西阿得斯 （自语）哎呀，我真是神经错乱了！真是疯了！竟自为了苏格拉底抛弃了神！

（向左屋门前的赫耳墨斯像）但是呀，和祥的赫耳墨斯啊！请你饶恕我，不要对我发怒，不要毁灭我，这全是苏格拉底胡说八道害得我发狂。请你忠告我，到底是上法庭去告他呢，还是怎么办？

（作倾听状）对了，你叫我不要去告他，马上就去把那空谈者的家烧毁了！

（唤）珊提阿斯！[181]快来呀！快拿着梯子和斧头出来！

仆人自左屋上。

如果你忠心于你的主人，快爬上那个“思想所”，把他们的屋顶拆下来，把整个屋子推下来压死他们！谁给我拿火把来，要点着火的！我今天要报复他们，不论他们多么会骗人！[182] 1492

门徒甲 （自内）哎哟！哎哟！

斯瑞西阿得斯爬上了右屋的屋顶。

斯瑞西阿得斯 火把呀！这是你的职分，快射出强烈的火焰！

门徒甲 （自内）你这家伙在做什么？

斯瑞西阿得斯 我在做什么？在和你们屋顶上的梁木分析巧妙的逻辑呢。

门徒乙 （自内）哎呀！谁烧了我们的屋子？

斯瑞西阿得斯 不就是那人，还记得你曾经没收了他的外衣吗？[183]

门徒丙 你在这儿杀人放火啦！

斯瑞西阿得斯 这正是我要做的事！除非我的斧头不中用，

或是我立刻就跌下来，摔断了脖子；不然的话，我这个希望总是可以实现的。

苏格拉底自右屋的窗内出现。

苏格拉底　喂！你这人在我们屋顶上做什么？

斯瑞西阿得斯　“我在空中行走，在逼视太阳”。

苏格拉底　哎哟，哎哟，闷死我了！

开瑞丰自右屋的窗内出现。

开瑞丰　哎哟，烧死我了！

斯瑞西阿得斯　你们为什么要侮辱神？要观察月亮的轨道？孩子！快追下去打他们，他们挨打的理由太多了，特别是因为他们亵渎了神！

斯瑞西阿得斯和仆人进入左屋。

歌队长　我们退出去吧，今天的歌舞已经完毕了。

歌队退场。

注　释

［1］ 这时候雅典和斯巴达正在进行内战。因为斯巴达人来攻，雅典陆军守不住，斯瑞西阿得斯（Strepsiades）便进城避难。阿提刻（Attice）是雅典的领土。

［2］ 本剧的初稿本是公元前 423 年演出的，修改本是公元前 421 到 417 年之间修改的。现存的是修改本。

［3］ 活动台上现出斯瑞西阿得斯家中一间男人的睡房。

［4］ 宙斯（Zeus）为众神之长。

［5］ 那些遭受过虐待的奴隶往往逃赴敌方，因此主人不敢重责仆役。

［6］ 这是当时的骑士、诗人和贵族的习气。

［7］ 每一块希腊币约合银四钱。

［8］ 指印着-o字母的马。-o是希腊文 K 的古字母（相当于拉丁文

的 Q），此处指 Korinthos（科林斯）的第一字母。科林斯产名马，马身上印得有这个-o字母。

［9］ 斐狄庇得斯在梦中和他的朋友菲隆（Philon）练习赛车，他看见这朋友越线偷跑，因此叫他遵守自己的路线。

［10］“‘没收’虫”原作“乡官”，乡官是一乡之长，他征收赋税，掌管记录，并且能够没收乡人的财产。

［11］ 指被榨过油的橄榄渣。

［12］ 墨伽克勒斯（Megacles）是雅典城的望族。

［13］“就像爱神”原作“就像科利阿斯（Colias），就像革涅堤利斯（Genetyllis）”。这两个专名都是爱神的名称。

［14］ 原文“织”谐“浪掷金钱”。

［15］“俭德”原作“斐冬尼得斯”（Pheidonides）。斯瑞西阿得斯的父亲名斐冬（Pheidon），含有“节俭”之意。

［16］“俭德马”的原音即“斐狄庇得斯”。

［17］ 马原是海神（Poseidon）创造的，因称他作马神。

［18］ 活动台退入景后。

［19］“思想所”这名称是诗人虚构的。实际上苏格拉底并没有这种组织，他没有正式的学生，没有正式的课程。

［20］ 那不信神的新哲学家希波（Hippo）曾经把天体比作一个圆

形的闷灶，里面燃着炭火。赫剌克勒托斯（Heracleitos）也把人比作炭火，由官能吸收“圣理”，醒时吸得多，睡时吸得少。诗人把这两种学说混在一起。

[21] 那些诡辩家收取很高的学金，苏格拉底可不曾要过钱。

[22] 苏格拉底时常在户外生活，并且劝人注重身体，他的脸色不至于是苍白的。只有“赤足”倒是他的习惯。

[23] 勒俄戈剌斯（Leogoras）是一个贵族。

[24] 六个“俄玻罗斯”（obolos）合一块希腊币。

[25] 斯瑞西阿得斯当着那生养五谷的地母得墨忒耳（Demeter）起誓。

[26] 喀铿那（Cicynna）乡是阿卡曼提斯（Acamantis）族人所居住的地方。

[27] 这话暗中嘲讽苏格拉底的母亲是一个产婆。这位哲学家曾经在柏拉图的对话《忒埃忒托斯》（*Theaitetos*）里说起他母亲的职业，并且说他自己也在做思想的产婆。

[28] 据说开瑞丰的眉毛很粗，苏格拉底的头是秃的。

[29] 雅典妇女把她们的白鞋叫作“波斯鞋”。

[30] 斯斐托斯（Sphettos）乡是阿卡曼提斯族人所居住的地方。

[31] 嘲笑哲学家塔勒斯（Thales）有一次仰观天象的时候掉在

井里。

[32] 原文“衣服”谐“祭肉”。

[33] 这句话的意思是:“我们既然有了一位苏格拉底，还用赞美塔勒斯吗?”因为塔勒斯是希腊七大哲人之一，并且是一个几何学家，他曾经推算日食月食，还教埃及人测量金字塔的高度。

[34] 刚才退进去的活动台又出来了，那上面现出“思想所”的内景。苏格拉底高系在一只吊筐里，那筐子是吊在起重机上的。

[35] 赫剌克勒斯(Heracles)是宙斯与阿尔克墨涅(Alcmene)之子。斯瑞西阿得斯首先看见了活动台上那些半死的学生，疑心他们是妖怪，因此祈求这位英雄。

[36] 公元前425年克勒翁(Cleon)从皮罗斯(Pylos)海前的小岛上擒回来二百九十二个斯巴达人，把他们囚了许久，弄得瘦弱不堪。

[37] “深坑”原作“塔耳塔洛斯”(Tartaros)，传说由那坑到地面的距离相当于天与地的距离。

[38] 雅典人每次夺得敌方的土地，便用拈阄法来分配。自从内战发生以来，他们至少已经分配过两次了。斯瑞西阿得斯一听说“测量土地”，便以为又要分配土地了。

[39] 门徒甲的意思是说做科学上的实验，斯瑞西阿得斯却当是征服全世界后，把所有的土地都测量来分配给雅典人。

[40] 雅典若是没有成群的陪审员，便不成其为雅典。

[41] 欧玻亚（Euboia）岛在阿提刻北边。

[42] 伯里克理斯（Pericles）是公元前 5 世纪的大政治家和军事家。他于公元前 445 年平定了欧玻亚的叛变。

[43] 大概是说隔得太近了容易受斯巴达人攻击。

[44] 苏格拉底是说太阳，斯瑞西阿得斯却是说太阳神。

[45] 讽刺阿那克西墨涅斯（Anaximenes）的空气哲学。这位哲学家的门弟子狄俄革涅斯（Diogenes）更把他这学说加以发挥。狄俄革涅斯认为宇宙间无处没有空气，只不过太阳里的空气比较少，水里的比较稀薄，土里和金属里的最少。空气是全知的神，是人体的灵魂。纯洁的空气能产生伟大的思想力，潮湿的空气为害最大，如像鱼类吸水，因此长得十分愚蠢。他又说四脚动物和小孩的智力远不及成人的，这都是因为他们呼吸了不洁的潮湿空气。

[46] 剧中人物苏格拉底的面具与真实的苏格拉底的面貌很相像。苏格拉底的头是秃的，眼是隆起的，嘴唇很厚，鼻孔和嘴部都很大，这副喜剧的面孔就好像是天生的。据说这个人物下降的时候，苏格拉底本人全不介意地在观众里站了起来，叫大家认识。一说他一直站着看戏。

[47] 拜占庭（Byzantion）即后来君士坦丁堡。

[48] 阿塔马斯（Athamas）是俄耳科墨诺斯（Orchomenos）的

国王，他曾经娶涅斐勒（Nephele，意即“云”）为妻，后来别有所欢，为赫拉（Hera）所惩罚，出外逃亡。索福克勒斯（Sophocles）写过一部悲剧，叫作《阿萨马斯》，剧中的阿萨马斯戴上花冠，要被人家杀来献祭。斯瑞西阿得斯这时候看见花冠，因此想起这个英雄故事，怕苏格拉底要杀他。

[49] 斯瑞西阿得斯预料云一出来便要下雨，害怕打湿了头发。

[50] 奥林匹斯（Olympos）是希腊北部的高山，相传是神们的住所。

[51] 俄刻阿诺斯（Oceanos）为河神，象征环绕大地的河流。

[52] “祭品”指斯瑞西阿得斯。

[53] “父亲”指俄刻阿诺斯。

[54] 刻克洛普斯（Cecrops）是神话时代的雅典国王。

[55] 指厄琉西斯（Eleusis）地方祭祀地母的庙宇。

[56] 特指雅典卫城上的雅典娜庙（Parthenon）。

[57] 帕耳涅斯（Parnes）山在雅典北边。

[58] “妖”原作“堤福斯”（Typhos），是一个吐火的妖怪，他的头发是由云长成的。他曾经把众神赶到埃及去，后来被宙斯的电雷所制服。

[59] 引号里的诗句大概是直接从“酒神颂歌”里引来的。颂歌

比赛后要公宴胜利的诗人。

[60] 中世纪的注释家说歌队人员所戴的面具上面的假鼻子特别大。

[61] “塞诺方忒斯（Xenophantes）的儿子”指希厄洛倪摩斯（Hieronymos），他是一个写酒神颂歌的诗人，据说他有同性爱的癖好。人头马（Centauros）是伊克西翁（Ixion）和云所生的，性情很淫荡。

[62] 据说西蒙（Simon）是苏格拉底的门徒。

[63] 公元前424年雅典人在得利翁（Delion）为玻俄提亚（Boiotia）人所败，克勒俄倪摩斯（Cleonymos）那次弃盾而逃。

[64] 诗人时常挖苦克勒忒涅斯（Cleisthenes）很带女性。

[65] 普洛狄科斯（Prodicos）是一个诡辩大家，能知同义字间不同的意义。他曾经到雅典来卖演讲，欧里庇得斯（Euripides）和苏格拉底都曾经向他请教。

[66] 不论在平时战时，苏格拉底总是从容不迫，走起路来左右盼顾。他在得利翁战败的时候，不慌不忙地退了下来。

[67] 地神指该亚（Gaia），为混沌（Chaos）所生。

[68] 阿波罗（Apollo）是宙斯的儿子。

[69] “转动”兼指当时流行的原子学说。当日有一些哲学家认为一切物体均为原子所组成，这原子时常在震动。

[70] 在雅典娜（Athena）节日里大家都吃得饱饱的，穷人的饮

食由官家供给。雅典娜是宙斯的女儿，雅典的保护神。

［71］ 这两个词的希腊原字有些相似。

［72］ 忒俄洛斯（Theoros）是一个官吏、克勒翁的党羽。

［73］“他自己的神殿”大概是指奥林匹亚（Olympia）的宙斯庙。“庙宇”原作“苏尼翁（Sunion）的庙宇”，苏尼翁是雅典的海角，那儿有一所著名的海神庙和一所雅典娜庙。本剧里所说的不知是哪一所庙宇。“橡树”是宙斯的圣树。

［74］ 一种很古的家庭团圆节。

［75］ 指勾引少年人，讲同性爱。

［76］ 引号里的话大概是从塔勒斯的墓碑上引来的。

［77］ 斯瑞西阿得斯以为他说错了什么话，脱了外衣便要挨打。

［78］ 那些到人家屋里去搜索赃物的人，必须先脱了大衣再进去，免得他们在大衣里挟着什么东西进去，说是从屋里搜出来的。

［79］ 特洛福尼俄斯（Trophonios）洞在玻俄提亚境内的勒巴得亚（Lebadeia）的流泉上面。古时候有许多人进那洞里去祈求特洛福尼俄斯的梦示。传说里面有蛇，可用蜜糕去平息它们的怒忿。

［80］ 酒神是戏剧的主神，他的像就立在剧场上。

［81］ 这两个诗人是克剌提诺斯（Cratinos）和阿墨普西阿斯（Ameipsias）。

[82] 指《宴会》。那剧里有兄弟二人，一个到雅典去受新教育，一个留在乡下受旧教育。那剧于公元前427年演出，得次奖，那是诗人的首次演出。

[83] 诗人有许多剧本是用旁人的名义来演出的。《宴会》一剧是借卡利斯特剌托斯（Callistratos）的名义演出的。诗人那时候大约才十九岁。

[84] 厄勒克特拉（Electra）是阿伽门农（Agamemnon）的女儿，这人物在埃斯库罗斯（Aischylos）的《奠酒人》（*Choephoroi*）一剧里偶然在她父亲的坟前发现了她弟弟的头发。“卷发”二字大概是借指观众的喝采和评判员所投的头奖票。

[85] 实际上完全不是这么一回事，这底下所说的各点大半是本剧里所有的。诗人并不是反对这些办法，只是说不可靠这些技巧来遮饰艺术上的缺点。

[86] 诗人在他的旁的剧里也曾采用过这种装饰。

[87] 本剧用“哎呀”开场，用“火把”和“哎哟”收场，这岂不是诗人自己挖苦自己？

[88] 完全不是这么一回事。《云》的修改本便是预备重演的，本剧的情节并且和《宴会》一剧的情节很相似。

[89] 克勒翁最得意的时期是公元前425年。诗人在《骑士》（公

元前 424 年）一剧里攻击过他。克勒翁于公元前 422 年战死。“倒了”的原意是“躺着死了”，但这里大概当作角力的术语解释，当对方倒下时，便不应再去攻击他。

［90］ 许珀玻罗斯（Hyperbolos）是一个讼棍、一个灯盏商，在政治上有相当的势力。据说他的母亲是一个吃高利贷的人。“擒住了”是角力的术语。

［91］ 欧波利斯（Eupolis）是公元前 5 世纪三大喜剧家之一，据说他是阿里斯托芬最大的对手。《急色儿》（*Maricas*）是公元前 421 年演出的，因此可以断定本剧的“插曲”是公元前 421 年以后写的。欧波利斯后来在《巴普泰》（*Baptai*）里面回答，说他帮助过阿里斯托芬写《骑士》。

［92］ “老太婆”指许珀玻罗斯的母亲。

［93］ 佛律尼科斯（Phrynichos）是一个喜剧家，他于公元前 414 年和 405 年同阿里斯托芬比赛，得了第三奖和次奖。他变动过安德洛墨达（Andromeda）的故事。安德洛墨达是一个美丽的女郎，被缚在石头上去喂海怪，却被珀耳修斯（Perseus）救了。佛律尼科斯把这个美丽的女郎换作了一个醉酒的老太婆，叫海怪吃了。

［94］ 大概是指《卖面包的妇人》（*Artopolides*），赫耳弥波斯（Hermippos）在那部剧里把许珀玻罗斯的母亲当作一个卖面包的妇人、

一个不会正确地说希腊话的人。

［95］ 阿里斯托芬自己便是首先学欧波利斯攻击许珀玻罗斯的人，他曾经在公元前421年演出的《和平》一剧里面攻击过他，那剧的演出恰好在《急色儿》之后，相距不过一两个月。

［96］ 诗人曾经在《骑士》里把克勒翁比作一个趁浑水捉鳝鱼的人。

［97］ 意即保存到下一届戏剧节。到那时候要是观众不喜欢他了，他们的眼光便不高明了。

［98］ 指公元前425年远征西西里之役。水师出发前的雷雨便是失败的预兆。

［99］ “帕佛拉工（Paphlagon）皮匠”指克勒翁（参看《骑士》）。

［100］ 引自索福克勒斯的悲剧，见残诗第507段。

［101］ 海神同雅典娜争夺雅典城保护神的地位失败后，他咒诅雅典人永远产生荒谬的见解。雅典娜不能消除这咒语，她只好在暗中相助，把那些荒谬的见解变成良好的结果。

［102］ 得罗斯（Delos）是爱琴海上的小岛，那是阿波罗与阿耳忒弥斯（Artemis）的生长地。铿托斯（Cynthos）是得罗斯岛上的小山。

［103］ 厄斐索斯（Ephesos）是小亚细亚的名城。吕狄亚（Lydia）是小亚细亚的一个区域。

［104］ 得尔福（Delphoi，又译作“特尔斐”），在科林斯海湾北

岸。帕耳那索斯（Parnassos）山在得尔福背后。相传那山中时常有一线流火，据说是酒神双手举着火炬引导他的伴侣上山去跳舞，那流火便是他的火炬上的火光。

［105］ 公元前5世纪初叶克勒俄斯刺托斯（Cleostratos）想出了一种“八年历法”。每八年阳历与每八年阴历相差九十日，克勒俄斯刺托斯便把这差数分成三个月，在阴历的第三年、第五年与第八年里面各闰一月。在本剧演出的时代，这些闰月已经没有实行，把雅典的新年迟误了一两月。上面那种阴历加进闰月还是不能够解决问题，因为地球绕日一周尚多出八小时四十八分。墨同（Meton）这时候想改正这差错，想出了一种“十九年历法”，这历法惹起了一些纠纷，未能实行。

［106］ 墨农（Memnon）和萨耳珀冬（Sarpedon）是荷马战争里的英雄。

［107］ 许珀玻罗斯曾经赞助过墨同改良历法，他这回赴“联城会议”（Amphictyonia）正好协商一种改革的办法，可是没有成功，弄得他没有戴着荣冠回来。“联城会议”每两年举行一次，春季在得尔福举行，秋季在温泉关（Thermopylai）外举行。

［108］ “战舞节奏”有人说是一种短短长节奏，和下面的“达克堤罗斯”（dactylos）长短短节奏同是一种进行节奏。

［109］ “达克堤罗斯”的原义是“指头”，后来代表长短短节奏。

斯瑞西阿得斯说时做出一种猥亵的状态，握着拳头伸出他的中指头来摇摇。

[110] 鸡并不是四脚动物。斯瑞西阿得斯只想到他乡下的家畜家禽，偶尔提起鸡。苏格拉底只注意到性别，也不暇指出这个错误。据说"鸡"字下面遗漏了两行，苏格拉底在那前一行诗里问起那些"阴性的四脚动物"，那后一行便是斯瑞西阿得斯的回答，那回答的最后一个字仍然是"鸡"。

[111] "和面盆"的原字本是阴性，但这字的尾部却是阳性的字形。

[112] "索斯特剌忒"(Sostrate)是一个普通女性的名字。

[113] 斯瑞西阿得斯把一个男人的名字依照他的新知识变作了一个女人的名字。诗人有意这样挖苦克勒俄倪摩斯很带女性、很胆小。

[114] 吕西拉(Lysilla)、翡丽娜(Philinna)、克丽塔葛拉(Cleitagora)和德墨丽亚(Demetria)都是普通的女性的名字。

[115] 据说菲罗克塞诺斯(Philoxenos)是一个淫荡的人。墨勒西亚斯(Melesias)也许是当日的政治家修昔底德(Thucydides)的儿子。这个亚蜜妮亚斯(Amynias)并不是本剧里的放款人阿密尼阿斯。

[116] 原字的呼格字尾变成了阴性的字形。

[117] 亚蜜妮亚斯当时要出使帖萨利亚(Thessalia)，也许因此

免除了当兵的义务。斯瑞西阿得斯这话只是在开玩笑。

[118] 此处的原诗，试把这首节和第804—813行里的次节对照一下，便可以看出这尾上缺了3行。

[119] “科林斯人”原字的首部和“臭虫”的原字很相似。科林斯在伯罗奔尼撒（Peloponnesos）东北部。科林斯人是斯巴达人的盟友，曾经“咬”过雅典人。

[120] 因为臭虫扰得他不能入睡。

[121] 帖萨利亚在希腊北部，古今的作品里常说那地方的女巫能够把月亮取下来。

[122] 本剧里说起一个“新旧日”，这日子是月尾也是月初，所以新月出来时便是付息的日期。如果月亮不起来便没有新月，没有新月便没有付息的日期。

[123] 古希腊的药铺除了卖药材外，还卖宝石。

[124] 这三位秀丽女神代表秀丽、温柔、快乐、光彩等。

[125] 科绪拉（Coisyra）是墨伽克勒斯族的女儿。

[126] 苏格拉底本是雅典郊外的人。当时墨罗斯（Melos）岛上出了一个著名的无神论者，名叫狄阿戈剌斯（Diagoras）。诗人把这个地名加到苏格拉底身上，好令观众想起狄阿戈剌斯，由这个无神论者联想到苏格拉底也是不信神的。狄阿戈剌斯后来被迫离开了雅典。

［127］ 根据雅典习俗，儿子可以控告父亲有精神病，借此剥夺他的财产掌握权。

［128］ 公元前 445 年和约满期后，雅典被围攻，伯里克理斯曾经用十个塔兰同（talanton，每塔兰同约合银二千四百两）去收买斯巴达的领袖。伯里克理斯恐怕说出了那笔公款的用途会连累那位领袖。有一天阿尔喀比阿得斯（Alcibiades）问他为什么那样沉思，他把缘由告诉了那孩子，那孩子便说："我要是你，我就不报销。"他因此便只向议院说那笔钱是"为了正当的缘故而用的"。

［129］ 中世纪的注释家说逻辑甲与逻辑乙扮作两只雄鸡进场。

［130］ 据说这句话是从欧里庇得斯的《忒勒福斯》（*Telephos*）里借来的。阿伽门农在那剧里和他的弟弟争吵时说过这话。

［131］ 意即他只能取得这些傻子的信仰。当日的雅典人很喜欢那些时髦的学说。

［132］ 宙斯曾经推翻他的父亲克洛诺斯（Cronos）。

［133］ 忒勒福斯曾经被阿喀琉斯（Achilleus）刺伤，后来乔装乞丐，求阿喀琉斯给他治好了。逻辑甲的意思是说逻辑乙不承认穷，伪称他是国王，乔装乞丐。密西亚在小亚细亚西北部。潘得勒托斯（Pandeletos）是一个诡辩家。

［134］ 这是两支名歌开始的歌词；第一支据说是拉普洛克勒斯

（Lamprocles）作的，第二支据说是库得得斯（Cydeides）作的。

［135］ 佛律尼斯（Phrynis）是当时的一个音乐家，他曾经把七弦琴变成了九弦琴，还作过一些柔和的歌调。

［136］ “金蝉”是马拉松（Marathon）时代的装饰品（马拉松战役发生于公元前490年）。雅典人的先人是“地生”的，蝉也是自土中蜕化而生的，所以他们用蝉来纪念他们的先人。“古宙斯节”是雅典人在卫城上举行庆祝的一个很古的农人节，据说在那个节日里，要把平日绝对禁止宰杀的耕牛杀一头来献祭，那杀牛的祭司于杀牛后便须弃斧而逃，然后由一个侍者把凶器捡来交给大家审判，审判后把它抛到海里去。刻刻得斯是一个制作“酒神颂诗”的诗人。

［137］ 用苹果打人为爱情的表示，因为苹果原是爱神的圣果。

［138］ “学园”原作“阿卡得墨亚”（Academeia），在雅典西北郊，距城约二里许，地势较低，当时遍植橄榄树，变成了一个体育场，附近还有演讲厅、图书馆和美术馆，后来变成了柏拉图讲学的地方。

［139］ 这儿所指的安提马科斯（Antimachos）大概是一个坏蛋，并不是《阿卡奈人》第三合唱歌里所说的歌队司理。

［140］ 括弧里的6行原诗和第953—958行不相称，也许是假冒的。

［141］ 赫剌克勒斯做过十二件辛苦的事情。

［142］ 赫剌克勒斯每次做了一件辛苦的事情后，便到温泉关外的

温泉里去洗一回热水浴，好恢复他的体力。因此各处的温泉浴都叫作“赫剌克勒斯浴”。

[143] 涅斯托耳（Nestor）是荷马战争中的希腊军师，他的口才极好，时常当众演说。

[144] 珀琉斯（Peleus）是米尔弥冬（Myrmidon）人的国王，荷马战争的英雄阿喀琉斯的父亲。他曾经到阿卡斯托斯（Acastos）国王那儿去避难，王后阿斯堤达弥亚（Astydamia）向他求爱，被他拒绝了，王后反而控告他有意引诱她。国王因此把珀琉斯带到荒山上去打猎，把他遗弃在那儿。正当他快要死的时候，赫耳墨斯赐了他一把短剑。

[145] 忒提斯（Thetis）是水中的女神。

[146] 逻辑乙这话未免太冤枉了这位女神。她原想把她的婴儿阿喀琉斯变作一个杀不死的人，因此用火去烧炼他。珀琉斯见了很反对这事，她便离了凡尘，回到水晶宫里去了。

[147] 喜剧比赛的评判员只有五位。

[148] 古希腊人用日光晒砖，晒得很坚硬。

[149] 古希腊的新郎于夜里到女家去迎亲，因为没有街灯，一路要点火把。如果通夜下雨，便不能举行火把游行。

[150] 埃及少雨。

[151] 古希腊采用“阴历”，月大为三十日，月小为二十九日，互

相间隔。他们的下旬日子是倒数的，原诗作“第五日、第四日、第三日、第二日”。假定是月小，应该换成“二十五、二十六、二十七、二十八”。月绕地一周为二十九日半，所以“新月日”与“旧月日”同在一天，因此叫作“新旧日”。

[152] 古希腊法律规定凡是到法院去控告，必须押上一笔讼费。

[153] 据说这是从佛律尼科斯（Phrynichos）的喜剧《羊人》（*Satyroi*）一剧里引来的。

[154] 斯瑞西阿得斯在咒骂那些债主的子孙。

[155] 引号里的话戏拟欧里庇得斯的《赫卡柏》（*Hecabe*）一剧第172行。

[156] “本地人”指雅典人。

[157] 梭伦（Solon）是公元前6世纪的立法家，他曾经大大地帮助过那些负债的人。

[158] 斐狄庇得斯把“新旧日”当作了两个日子。

[159] 雅典人举行“族宴”时，先请一批人去品尝滋味。

[160] 斯瑞西阿得斯在咒骂那些木石一般的观众到这时候还不知道替他高唱凯歌。

[161] 意即雅典人若是不打官司，则雅典城将不成其为雅典城。

[162] 买卖神指赫耳墨斯（Hermes），他是宙斯的儿子。

[163] 卡喀诺斯（Carcinos）是雅典的悲剧家。据说他一共写过160个剧本，却只得过一次奖赏。他描写过许多悲哀的故事。

[164] 阿密尼阿斯说他前来时把车子碰坏了。据说这引号里的诗戏拟卡喀诺斯的儿子克塞诺克勒斯（Xenocles）所作的一部悲剧里的戏词。阿尔克墨涅在那剧里痛哭她的弟兄利库尼科斯（Licymnicos）。利库尼科斯年纪大了，由一个仆人看护。他的孙儿特勒波勒摩斯（Tlepolemos）以为那仆人看护得不好，扔一根棍子去打他，哪知没有打中他，却把那老年人打死了。这故事里并没有涉及坏车的事，“车轮”二字许是诗人改换的。

[165] 指阿密尼阿斯的款子无望收回，那才是一件真正倒霉的事。

[166] 阿密尼阿斯不明白斯瑞西阿得斯的意思，却当他在说翻车一事。

[167] 斯瑞西阿得斯的意思是说阿密尼阿斯这样傻，好像是一个没有头脑的人。

[168] “介”字原作“ϡ”，是古体的S字母。

[169] 忤逆罪在雅典人看来是很重大的，可能被褫夺公民权。

[170] 斐狄庇得斯这话是从逻辑乙那儿学来的，参看第901行。

[171] 西蒙尼得斯（Simonides）是公元前5世纪初叶的大诗人，那著名的温泉关殉难的英雄的墓铭便是他作的。他曾经作过一只歌来赞

颂一个名叫克里俄斯（Crios）的角力士。克里俄斯这名字在希腊文里是“雄羊”的意思，所以阿里斯托芬拿他来开玩笑。

［172］ 希腊人以为蝉餐风饮露。斐狄庇得斯的意思是说他父亲只叫他唱歌，不叫他吃。

［173］ 桃金娘是一种绿叶红花或白花的草本植物，结实甚香。传说这花是献给爱神的。埃斯库罗斯是雅典三大悲剧诗人的第一人。

［174］ 指欧里庇得斯的《埃俄罗斯》（*Aiolos*）一剧里的故事。埃俄罗斯的儿子马卡柔斯（Macareus）和埃俄罗斯的（可能是名义上的）女儿卡娜刻（Canace）结成了夫妇。传说马卡柔斯强奸了他的妹妹，但是在欧里庇得斯的剧里，他们好像是双方愿意，并且得到了父亲的许可才结婚的。根据古雅典的法律，同父异母的兄妹可以结婚，但同母异父的兄妹通奸便是乱伦，所以斯瑞西阿得斯会觉得那样可怕。

［175］ 戏拟欧里庇得斯的《阿尔刻提斯》（*Alcestis*）第694行，那一行的大意是：“你以为你应该活着，当父亲的就不应该活着吗？”

［176］ 大概有两层意思：第一层是免得去吃粪土，栖木架；第二层是他后来只有被儿子打，没有打儿子的权利。

［177］ 斐狄庇得斯知道他的父亲不喜欢他的母亲，如果他的母亲也照样的应该挨打，老头儿听了也许很高兴吧。

［178］“罪人坑”原作“巴剌特戎”（Barathron），那是雅典人抛

弃罪人的尸体的地方，在卫城后面。

[179] 引号里的话许是从欧里庇得斯的悲剧里引来的。

[180] “动力”和“杯子”在希腊文是同一个字。

[181] 珊提阿斯（Xanthias，又译作“克桑西阿斯”）是斯瑞西阿得斯的仆人。

[182] 据说这火烧“思想所”一段是诗人修改本剧的时候加进去的。诗人在这儿暗射一件真事。大概是十几年前，意大利克洛同（Croton）地方的皮塔戈剌斯（Pythagoras）学派的会议厅被群众烧毁，还烧死了许多人。

[183] 参看第498行以下一段。斯瑞西阿得斯在第857行里还说他的外衣是想烂了的，他现在才明白是受了骗。

附　录

1938年版《云》译者序

这剧是根据福尔曼（Lewis Leaming Forman）的版本和罗泽斯（Benjamin Bickley Rogers）的版本译出的，前者名《阿里斯托芬的云》（*Aristophanes: The Clouds*），1915年由纽约城美国图书公司（The American Book Company）出版；后者名为《阿里斯托芬的喜剧》（*Comedies of Aristophanes*, Volume II, "The Clouds"），1916年出版于伦敦培尔书局（Goerge Bell and Sons）。这两书的注解都很详细，此外还参考过格累夫斯的注解（*Aristophanes: The Clouds*，edited with Introduction and Notes by C. F. Grayes, Cambridge, 1911）和哈姆夫利的注解（*Aristophanes: Clouds*，edited by M. W. Humphreys, Ginn and Co. Boston, 1913）。

这是一部讽刺当日的诡辩家的喜剧，切不要误会了阿里斯托芬的用意，以为他有意在攻击苏格拉底个人。剧里的苏格拉底是一个想像的人物，作者故意在这个人物上加入诡辩家的性格，加入科学家的头脑，那都不是那真正的哲学家所固有的。据说苏格拉底曾经看过这部戏，他只觉得好笑，并不介意；不但不介意，他和这位喜剧家的友谊且从此更加亲密，六七年后他们在柏拉图的《聚饮》（*The Symposium*）里面相见时特别要好。那次有人同他开玩笑，问他是不是那剧里的“思想家”，他点头后，那人便说：“请你告诉我，你和我相隔的距离相当于跳蚤的腿长的若干倍？”可见大家把那喜剧里的故事当作谈笑的资料；“思想所”（Phrontisterion）一字且变成了那位哲学家的字号。那知这部剧到后来竟变成了他的罪状，因此被判死刑！

正当1852年罗泽斯（Rogers）所编的《云》出版后，曼塞尔（H. L. Mansel）摹仿这部古典作品，写了一篇《思想所》（*Phrontisterion*），又名《十九世纪的牛津大学》来讽刺牛津的大学教育，里面的歌舞队是由大学教授组成的。这个仿制品很有趣味。只可惜没有写完。（原剧载入罗泽斯的《阿里斯托芬的云》的附录内。）

阿里斯托芬的小传见编者的引言内。这引言多谢两位朋友替我费心校改。

二十六年（1937）二月四日北平

1938 年版《云》编者引言（节译）[1]

一、阿里斯托芬的生平

（1）我们所知道的阿里斯托芬（Aristophanes）的一生的事迹是从希腊遗留下来的“小传”（*Vitae Aristophanis*），中世纪的注释，柏拉图（Plato）的《对话》和诗人自己的作品里得来的。关于那“小传”产生的年代和作者我们已无法知道。

（2）因此关于他一生所经过的事迹，没有几件我们可以说得十分肯定。他的剧本的数目，某一些剧本的用意，他的政治见解，宗教观念和他的雅典公民资格都曾引起过长久的争论。

（3）据说他于纪元前446年生在库达忒诺斯（Kydathenaion）乡，他是潘狄俄尼斯（Pandionis）族的人，他的父亲名叫菲利波斯（Philippos）。试看他的剧中时常说起乡村生活的乐趣，我们可以想像他的童年时代多半消磨在雅典的郊外。有人从他的《阿卡奈人》（*Acharnians*）一剧断定他在埃癸那（Aegina）岛上居住过一些时候，或是在那里承继过田产，那田产若不是承继的，便是由官家分配与他的。有许多人认为这种断定并不十分可靠，因为那剧里所说及的诗人并不一定就是指他自己，我们知道那剧本是借旁人的名义拿出来表演的。

（4）他的第一部喜剧《宴会》是纪元前427年出演的，竟得了次奖。也许因为他那时候太年轻，缺少经验，没有依照当日的习惯亲自去导演这剧，却把这事情付托与卡利斯特剌托斯（Callistratus），这人不是一个诗人便是一个演员。

（5）他的第二部喜剧《巴比伦人》（*Babylonians*）也是由卡利斯特剌托斯于纪元前426年拿出来在“城内的酒神节”（City Dionysia）里表演的。在那个节日里有许多友邦的使节和游人跑到雅典来经营事业，寻找快乐。这位剧作家抱着青年诗人常有的愤恨不平及藐视规矩的态度，竟当着那些外邦人极力宣布雅典人的罪恶，宣布他们对待友邦的高压手段。那当时的“群众领袖”克勒翁（Cleon）因在议会里控告“诗人”，说他侮辱了雅典的公民和议员。到底他所控告的是诗人本人呢还是那替他出名字的卡利斯特剌托斯，到如今还不能决定。这一场官司不知是怎样了结的。那富于民主精神的雅典城既然是自夸她的言论自由，而且在《酒神》的节日里她又特别纵容，那被告的“诗人”也许是无罪被释，也许只纳了一笔小小的罚款，受了几句委婉的警告，这案子便完结了。但无论如何，阿里斯托芬第二年又借卡利斯特剌托斯的名义表演了他的《阿卡奈人》。

（6）传说克勒翁这时候又控告诗人，说他原是一个外邦人，窃用雅典的公民权。有的学者否认这事，有的认为是可能的，利文（Van Leeuwen）却坚持这件事实；且说诗人真是一个外邦人，因此自从纪元前 424 年表演了他的《骑士》后，他便不曾再用他自己的名义出来表演。他正是在那一年里被人家控告的。这问题很难解决。

（7）据说他到了晚年时代，正如他年轻时代一样，又时常托旁人的名义把他的剧本拿出来表演。他的理由也许很多，可惜我们不能够确定。除了上面利文的见解外，有人说他想藉此避免政治的纠缠；还有人说他晚年时很富有，常雇人去替他表演。

（8）据说他写了四十四部喜剧，当中有四部在古代就发生了问题，不知是不是他作的。他的创作生涯伸展到四十多年之久。据说他在纪元前388年表演《财神》（*Plutus*）过后，还替他的儿子阿剌洛斯（Araros）写了两个剧本，想把他这儿子当作一个诗人介绍与雅典人。他大概死于纪元前385年。

（9）他有三个儿子：长子承受祖父的名字叫做菲利波斯（Philippos），次子叫做阿剌洛斯（Araros），第三个儿子有人说叫做尼科斯剌托斯（Nicostratus），又有人说叫做菲勒泰洛斯（Philetaerus）。关于诗人的容貌我们只知道他是一个秃子。说起他的先世，身分，教育，婚姻，财产，债务，日记，情书和个人的习惯我们全然不知道。古代人不注意天才的炭精，只注意那炭精所发出的光亮，所以这位喜剧家的个人生活差不多全没有记载。只是柏拉图（Plato）替他写了一道墓铭："那雅丽的女神（Charites）想寻求一座不朽的宫殿，毕竟在你这位喜剧诗人的灵府里寻着了。"

（10）这四十几部喜剧只传下了十一部：

（一）《阿卡奈人》：这剧出演时正当内战第六年，诗人在这剧里表明人民所受的痛苦全是战争的结果。

（二）《骑士》：这是纪元前 424 年出演的，诗人在这剧里攻击克勒翁，反对内战。

（三）《云》：这是一部提倡旧教育，反对诡辩邪说的喜剧。

（四）《马蜂》（*The Wasps*）：这是纪元前 422 年出演的一部讽刺法律及诉讼的喜剧。

（五）《和平》：这是纪元前 421 年出演的，正当内战第十年。诗人在这剧里反对战争，歌颂和平，他叫剧里的英雄到天山上去把和平之神接下来。

（六）《鸟》：这是纪元前 414 年出演的鸟的“乌托邦”（Utopia）。

（七）《吕西斯特剌塔》（*Lysistrata*）：这剧出演于纪元前 411 年，到这时内战已经打了二十一年。剧中一群希腊妇女强迫着男人去媾和。

（八）《地母节妇女》（*Thesmophoriazusae*）：这是纪元前 411 年出演的一部审判欧里庇得斯（Euripides）诽谤女人的喜剧。

（九）《蛙》：这是纪元前 405 年出演的，诗人在这剧里挖苦欧里庇得斯的“新悲剧”。

（十）《公民大会妇女》（*Ecclesiazusae*）：这是纪元前392年或389年出演的一部讽刺“理想国”的喜剧。

（十一）《财神》：这是纪元前388年出演的，这位天神在剧里乔装乞丐，他得救后给人类许多恩赐。

二、诗人阿里斯托芬

（11）我们说阿里斯托芬是一位喜剧诗人，配得上那些和他同时代的雅典的天才，这实在是对他最高不过的赞美。他原是生在雅典的全盛时代，那时代的天才辈出，为任何时代所不能企及。

（12）大家都同意把阿里斯托芬看作一个天才诗人。那些细心研究诗的文字，“节律”和形式的学者称赞他很灵敏，善于变化，很能够运用那纯熟的技巧。那些戏剧批评家却称赞他对于喜剧的“开场白”，“争辩”（Agon）和插曲（Parabasis）等节目都有新的发明，都能够运用自如。那些爱好自然和爱好诗的幻想的人更拿他去比雪莱（Shelly）和莎士比亚。他的慧心能构想一切的明嘲暗讽。他的“幽默”并不像拉培雷（Rabelais）的和马克·吐温（Mark Twain）的那样有一种特殊性，却像莎士比亚的那样有一种普遍性。他的喜剧中很少含有动情的成分；但每当他描写到这种情感时，却都是出于真诚的。

（13）他的剧景和人物的轮廓是很清楚的。我们读了他的剧本，我们的脑海中总留下一个鲜明的印像，不至于混乱，也不至于褪成一种颜色。他保存着许多真正的雅典人的血肉，如像克勒翁，苏格拉底（Socrates）和欧里庇得斯的血肉。这些戏剧人物虽带着一点早期喜剧的过分粉饰和傀儡式的离奇，但仍然是真实而有生气的。

（14）但同时，不论这些人物是多么真实，我们总觉得阿里斯托芬并不是一个写实派的作家，在这位群众领袖克勒翁，哲学家苏格拉底和诗人欧里庇得斯的讽刺画之下我们可以看出一个普遍的群众领袖，一个标准的江湖派哲学家和一个永远重现的诗人。因此我们可以说阿里斯托芬是一个理想家，他的贡献是很崇高的。我们读了他的讽刺剧会发生一种嫉恶如仇的心理，使我们趋向那善的途径。悲剧的最大的目的是替我们介绍英雄，喜剧的功用却在使那些小心翼翼的人更生一层警戒的心。

（15）所以我们大家无妨同意把阿里斯托芬当作一个伟大的诗人。可是他是什么样一个人呢？在回答这话以前，我们得把他所处的环境和时代回想一下。

三、当时的雅典城

（16）“雅典城最伟大的世纪，从推倒专制（纪元前508年）到羊河（Aegospotamoi）之役（纪元前405年雅典海军为斯巴达统帅吕珊得耳［Lysander］所败），抵得上埃及和亚述（Assyria）好几千年。”（见夫利曼的《希腊联邦史》［E. A. Freeman's *History of Federal Government of Greece*］第40页）在那个世纪里，雅典城实行了一种自治政体，虽然是短促，却很光荣。我们的喜剧诗人出世时正逢“德谟克拉西”（Democracy）的全盛时代；等到伯里克理斯（Pericles）去世（纪元前429年），国运逆转时，他已经成人了。直到吕珊得耳荡平了雅典的长城（纪元前403年），这光荣的城邦完全失败后，他大约还活了二十年。

（17）可是克勒忒涅斯（Cleisthenes）在纪元前508年所组织的这个民主政体在阿里斯托芬还没有出世前就经过了许多改变。那区区的阿提刻（Attica）居然在波斯进攻的严重的国难中获得了莫大的胜利。因此地中海东部的希腊城邦便在雅典的领导下联盟起来阻挡波斯的兵力。大多数的联邦看见雅典的海军十分强盛，宁愿献一笔契金给雅典城，作为她这种努力的代价，以免派遣她们应派的船支来加入联盟的水师，这一大宗流入雅典的献金超过了联盟会的需要，那多余的钱便用来装饰雅典城，伯里克理斯的野心想把她变作全希腊人的首都，给未来的世界留下一个最高的理想。雅典人自己的劳瑞翁（Laurium）的银矿和旁该俄斯山（Pangaeus）的金矿是开采不尽的。他们凭了那强盛的海军去垄断商业，去催迫那些联邦从速缴纳献金，到后来竟把她们当作属地看待。

（18）这时候那些有权有势的公民和他们的最高领袖伯里克理斯为权力所陶醉，梦想一个统治全世界的霸业。那东边有黑海，卡里亚（Caria），库普洛斯岛（Cyprus）和埃及；那西边有西西里（Sicily），伊特卢利阿（Etruria），萨耳多（Sardinia），迦太基（Carthage），那远处还有直布罗陀（Gibratar）。为什么不去征服她们，不去征服地中海，为女战神雅典娜（Athena）征求贡品？因此那种满足的心理变成了欲望，权力引起了暴戾的行为。那先前的宽宏大量的人如今竟变成了暴君，民主精神竟变成了霸道。阿里斯托芬便生在这个转变的时代里。

（19）可是雅典的性情和行为改变了，那些联邦对待她的情感也就改变了。因为她太骄横暴戾，她的势子又凶，她的友邦大都怀着一种猜疑和怨恨的心理，甚至变作了她的仇敌。直到纪元前431年内战的危机便爆发了，整整的打了二十七年，把希腊人的灵魂与肉体全都毁坏了。这时节她不再是为自由与文明而战，却是在民主政体的雅典城与寡头政体的斯巴达的领导之下互争雄长。这真是一种很可怜的堕落，从那最高尚的战争堕落到这最卑污的私斗，这都是因为一个野心家，一个古代的拿破仑想把他自己的声名永世留传。

（20）这种民主政治和寡头政治不仅把全希腊分成两个对抗的营垒，且把每个城邦分成两派势力。特别是在雅典城内，有少数人在痛苦中感觉到多数人很骄横暴虐，蠢笨无知。他们时常被人家恐吓敲诈，政府又要没收他们的财产，甚至还要戕杀他们，放逐他们：无怪乎那些富人和那些主张寡头政治的人很想推翻政府，有时竟暗自勾通敌人起来叛变；也无怪乎在群众那方面永怀着对这种阴谋的恐怖。——那生性喜欢公开与真诚的阿里斯托芬一生都得呼吸这种骚动和疑惧的空气。

（21）自从战争发动后，民主派的内部且分成了两派，那不是为宪法上的纠纷，而是为战争政策上的纠纷。雅典的水师很容易在海上称雄，她的陆军可就不行，因此有多少春天她不是亲眼看见敌人来进攻她的领土，便是提心吊胆预料着这种事实。阿提刻（Attica）境内的农人只好离开了田庄，跑进城里去居住。他们占据了城中的广场，占据了圣洁的庙地，或是住在那闷气的小屋里，陶制的酒缸里，略可容身的隙地上，甚至于住在那墙上的吊板上。这时候雅典城变做了一座堡垒。于是瘟疫发生了，更增加了这二三十万过挤的群众所受的苦处，使街上堆积着尸体，一般绝望的人们的心中关不住各种的恶念。

因此那些公民自然会分做两大派，一派主战，一派主和。主战派说他们的霸业发生了危险，"德谟克拉西"的生存更处在危险之中；主和派预言那长期争斗的结果必是毁灭，愿意接受客梦（Cimon）从前所给他们的忠告，和斯巴达平分希腊世界的霸权——阿里斯托芬处在这些受过瘟疫的吵闹的群众里面，却不得不望着那郊外的荒原和倒地的橄榄林写出一些嘲笑的喜剧。

（22）这便是全希腊的主要破绽，特别是雅典城宪政上与政策上的破绽。还有一些旁的现象更逼迫着雅典城崩溃，因为它们破坏了雅典公民固有的德行。

（23）希腊的城邦制度就像是一道冰川。起初在那高处的山谷里挤在一块儿慢慢地流行，到了那宽阔的地方，忽然显出了它的容积和力量。但到了这里之后，外来的机会和内部的冲力使它纵横溃裂。直到残败地躺落在平原上为止，虽说这最后的几段正是那冰川的奇伟光辉达到极点的时候。雅典城在纪元前第七、六两世纪里所发生的变化到了波斯战争以后更来得剧烈，到了阿里斯托芬的时代裂痕愈阔，它那五色缤纷的溃散时期就在目前了。

如果我们要了解当时雅典的情形，必得要先看看这些崩溃的变化是些什么。

（24）首先一层，雅典的种族已经很纯粹了，他们的血统渐渐起了变化。成千成万的公民死在战场上；在另一方面，许多外国人跑到雅典和她的码头上来居住，他们是为经营事业和寻求快乐而来的。就说是他们不容易得到公民权，却可以得到许多别种的权利。

并且有许多雅典人讨了外邦的妇女和奴隶来做姬妾，产生了许多混血的子女。此外还有无数的很有才学的奴隶，他们也享受着特别的待遇和权利。因此不论雅典人的血统保持得多么纯粹，雅典的公民资格限制得多么严格，这外国人口的比率大为增加，社会上的风俗人情便会发生变化，何况他们的血统已经不很纯粹，他们的公民资格又限制得不很严格呢。

（25）前面已经说过雅典霸业的成功改变了人民的性情。他们一切的举动都十分浮躁。在内战期间那从前的一片温良的心变得十分残忍。

（26）“德谟克拉西”的理想和目的也改变了。那专制的伯里克理斯初上台时，所见的是一些自尊自治的自由人；他死了之后留下来的却是一些自私自利的领恩俸的人。伯里克理斯怀着很大的野心，要做全邦的领袖，竟自忘却了他的高贵的血统和他的重大的责任；忘却了他的天赋的口才原可以做出更大的成就；更忘却了善用他从阿那克萨戈剌斯（Anaxagoras）那儿学得的崇高的哲学，——不，他何曾忘却了，他且利用这些本领来达到他个人的目的。他追随着“德谟克拉西”的潮流，“放纵他的人民，把他的政策弄得很能够迎合人民的心理。”（见普鲁塔克［Plutarch］）他同厄腓阿尔忒斯（Ephialtes）两人把《战神山》（*Areopagus*）上的古法庭的权力强迫交到一些陪审员手里，他鼓吹那收买人心的信条，认为凡是一个为国家服务的爱国志士都应该享受报酬，因此规定了每一个陪审员应得的薪俸。他更极力鼓吹凡是人民的钱都应当归还与人民，因此发起了免费的戏票，免费的宴会，还发起了公共澡堂，公共医生，和公共建筑，——可是所谓“人民的钱”有一大部分是由联邦缴来做旁的用处的。

（27）自从那位代表贵族的政治家修昔底德（Thucydides，不是那位著名的史家）被逐后，伯里克理斯获得了领袖的地位，他自己心中也起了变化。如果可能的话，他是很想节制一般群众越轨的生活，但可惜已经太晚了。那旧日的“德谟克拉西”观念和政府的权能已经丧失了。自从伯里克理斯死后，不知是领袖领导群众，还是群众领导领袖。

（28）国际来往一多了，雅典人的语言，装饰和他们的生活中就浸入了许多新的式样。这些新的式样是从希腊人和外邦人双方的习惯综合而成的。本地的方言和外邦的方言混在一起，一定产生了许多不纯粹的雅典话，这不仅是从外邦人和奴隶口里道出来的，且是从那些自战地或自外邦归来的雅典公民口里道出来的。譬如克塞诺丰（Xenophon）的雅典话便不很纯粹，因为他出外从军，流浪得太久了。

（29）在装束方面，从前那些高贵的雅典人所穿的伊俄尼亚（Ionia）式的麻制的长贴身衣已经过时了，大家穿上多里阿（Doria）式的办事人所穿的短贴身衣。“德谟克拉西”限定主人，奴隶和外邦人都穿上同样的衣服。头发也剪短了，那从前用“金蟋蟀”束着的高傲的卷发再也看不见了。

（30）同时外邦的奢侈品和奇形怪样的东西也介绍到雅典来了，斗篷和拖鞋是从波斯来的，药膏，水果，孔雀，象牙和奴隶都是从外邦来的。这时代的小学生“裹着长衣”前去上学，再不像马拉松（Marathon）时代的孩子穿着很少的衣服去抵御风寒。简朴的美德变成了奢华的恶习，坚忍的体格变成了娇弱的姿态。雅典人的生活理想是一个长久的假期，直到内战爆发时才觉悟过来。

（31）也许是受了这些国际来往的恶影响，雅典人的生活习惯也变坏了，至少那些旧日的标准完全消灭了。像克勒翁那样的演说家竟忘却了那尊贵的姿势，把“长衣”（Himation）折做一团，拿起来比手势，狂呼疾吼，在那些崇拜“德谟克拉西”的人看来，这种习惯并不至于损及他的尊严。那些外邦人也许不知道怎样挂上“长衣”，“德谟克拉西”全不过问。这时代的儿童会在桌上抢东西吃，会忤逆父母，会叫他们的父亲做“老腐败”，且不知道把座位让给尊长：这一切都是霸道政策的一部分节目。

（32）在音乐方面也起了很显著的变化。伯里克理斯造了一所音乐厅（Odeum），这是一件很可以使雅典自傲的东西。当时的音乐从严格的规律里解放出来，注重歌词，创出了一种很浮华的调子，那不是一个普通人所能演奏和歌唱的，得要一个很高明的音乐师才办得到。佛律尼斯（Phrynis）介绍了一种花调，二三十年后，有人发明了“流音”（Run），曲折繁促使人想起忙碌的蚂蚁来；佛律尼斯的弟子提摩塞俄斯（Timotheus）更把琴弦从10根加到11根。

（33）这时期的音乐除了悦耳外，没有什么旁的功用，对于社会生活也没有什么关系。这时期若在宴会上唱欢愉的歌就要被人认为“腐败”。如果年轻人还想唱歌，他们不唱斯忒西科洛斯（Stesichorus），阿尔克曼（Alcman），或西蒙尼得斯（Simonides）的古歌，却唱一些欧里庇得斯的诽谤的剧词，或是唱一些格涅西波斯（Gnisippus）的情歌。

从此音乐和道德分离了，两方面都受了无穷的损失。

（34）这时代的诗歌也起了变化。史诗的形式早已没有人过问了。各种抒情诗体，如像颂诗，挽歌，敬神歌和“酒神颂歌”（Dithyramb）的诗体完全混合在一起，失去了固有的特性，产生了一种浮夸的风格。戏剧的文字在欧里庇得斯手里降到了日用散文的地位，剧中的思想和动作也降到了同样的标准。

（35）我们从前认为阿里斯托芬摹仿当时的华而不实的抒情诗摹仿得太过火了。但在1902年我们在埃及发现了一段提摩塞俄斯（Timotheus）的《波斯人》残歌后，我们便相信阿里斯托芬仿制的诗句就像是直接引来的，他何曾摹仿得太过火，实际上那些原来的抒情诗更是淡而无味呢（提摩塞俄斯是当时的著名的音乐家与诗人）。

（36）悲剧里面再没有伟大的英雄，悲剧“人化”了。里面的人物是些说雅典话，穿破衣服的现代人。欧里庇得斯的对话里所采用的“三音步”短长节律的诗行不像埃斯库罗斯（Aeschylus）的同样的诗行那样从容不迫，那种诗行通常只有12个缀音。欧里庇得斯却把它加到15或18个缀音。

（37）这时代悲剧的趣味不再集中在古代的神话里，——

一般人不再相信那些神话了；——却集中在复杂的情节上，爱情的心理上和动情的剧景里。实际上悲剧虽保存着它的外形，但内容即非完全变坏，亦可说是完全改变了，从前的悲剧对于那些不合理想人生的题材便不采用；如今的悲剧却采用了一些丑恶不堪的故事，因此渐渐失去了宗教作用，而变成了世俗的娱乐。一般年轻人认为那“闹轰轰，乱糟糟，光会掉大话”的埃斯库罗斯已经去位了，欧里庇得斯变作了剧作家之王。

（38）诗的光荣的日子已经过去了。韵文下了车来和散文一块儿步行。理智发展过后，艺术便退步了。

（39）那旧日的简单的教育也崩溃了。从前的课目有诵读，书写和算术来训练脑力；有音乐诗歌来培养心灵；有体育运动来锻炼身体，一般人都受这同样的教育。如今的运动比赛却成为了一种野蛮的专门职业，那些运动员得要受特别的训练，得要吃特别的饭菜。运动场上没有人运动，只有一些谈天的游人。那些阔少们特别喜欢的游戏便是赛马。那旧日的教育变成了一种预备，预备将来好受“高等教育”，那是由一些诡辩家和学者传授的，他们收取很高的学金，传授修辞学，文法，历史，公民学和一点儿科学。

（40）这种“高等教育”可以使年轻人变做政客领袖。他们学会了质问术，推论术，辩论的方式，分析的条理，和一切诡辩的精微奥妙，他们时常在法庭里，在公民大会里，在市场里，甚至在欧里庇得斯的悲剧里听人家运用这些方术。欧里庇得斯是这时代的艺术专家，是年轻人最崇拜的偶像。

（41）霸道式的惟智主义与民主时代的德行简朴分离了，这是那时代的标识。理智作用达到了绝顶。这新时代的口号是“推算”、“沉思”和“理解”。如果有人尊敬这些新人物，说他们很聪明，很风雅，他们就心满意足了。他们总是盛气凌人，总是问人家“你说的是什么东西？”伯里克理斯会花一天的功夫同普洛塔戈刺斯（Protagoras）辩论某一个运动员是偶然被标枪刺死的呢，还是被标枪的人无意间刺死的？那年轻的阿尔喀比阿得斯（Alcibiades）会同他的保护人伯里克理斯辩论法律的定义，且能够证明法律只是强者压迫弱者的手段，不论叫做民主的法律或是专制的法律。

（42）这一切全是为那少数的聪明的富人而存在的，对于那多数的愚蠢的穷人可全没有什么好处。因此那些受过教育的人和那些没有受过教育的人彼此隔阂了，一方面太高傲，瞧不起人；一方面起了猜疑和畏惧的心理，社会便从此退化了。

（43）道德观念在这种空气里也退化了，至少是改变了。道德原是一种共同遵守的习惯；但这时候许多外邦的不同的习惯传到了雅典，而且本地方的情形也改变了，那旧日的道德便令人生疑了。

（44）这时候什么事理也没有人承认。谁也不依照旧日的标准来评定是非。各人用各人的眼光来评断，各人追随各人的理智。“照我看来是这样就是这样，照你看来是那样就是那样。”……

（45）那些诡辩家说一个人应当依照着自然界的现象而生活，不应当依照着固定的习惯而生活：譬如说自然界中的小鸡会同老鸡打架，当儿子的也可以回打他的父亲。自私自利变成了新道德的基本观念。那码头（Piraeus）上的老人刻法罗斯（Cephalus）曾经依照那从前的简单的规律而生活，即是“敬仰天神，扶助人类，不说谎语”，这一条规律在他的时代里可以一生够用；可是如今的生活变复杂了，这规律便不适用了。天神并不一定存在，大家都可以说一些“白色的谎语”和“黑色的谎语”。说起法律，倒底是谁立下的呢？不论是少数的强者为多数的弱者立下的，或是多数的弱者为少数的强者立下的，那些立法者全都死了。而且那些法律乃是为旧时代的人立下的，如今的时代不同了，雅典人得要改造他们的法律。

（46）他们的法律终于改造了。在这一件事体上他们也追学他们的最高领袖。譬如离婚一事吧，伯里克理斯讨娶了一位离过婚的女人，觉得他婚后的生活不痛快，便把她抛弃了，弄上了一个名妓，叫做阿斯帕西亚（Aspasia）。这种新道德可以使那些富贵人家随便离婚或重婚，只要他们各个人高兴。这种放浪的女人立刻就在戏剧里出现了。欧里庇得斯在纪元前 435 年左右便表演了一个这样的人物，叫做淮德剌（Phaedra），但当日的观众还不十分看得惯那种社会上的丑事出现在那圣洁的剧场里，那悲剧里的猥亵部分得要完全删去。

（47）那全邦大规模的盗窃公款又是由伯里克理斯做领袖的。当修昔底德反对把联邦的公款拨来作雅典城的私用时，伯里克理斯便起来强辩，说雅典城依照盟约用这笔公款来保护联邦，她节省下来的款子便是她自己的，可以随意使用，不论她用来修神殿，造前门（Propylaea），或是发给她的人民作看戏钱，养老金和薪俸。雅典人都附和这有权有势的伯里克理斯，因把那批评政府的修昔底德放逐了（参看第 27 段）。从此窃用公款的案子虽然实际上未必如所传之甚，但说起来便很有实据了。

（48）贿赂和窃款好比是亲姊妹。贿赂的榜样也是由伯里克理斯开始的，他曾经暗自用金钱诱劝斯巴达国王普勒斯托阿那克斯（Pleistoanax）移到别处去，不要进攻雅典；他后来报销时说那笔钱是“为了不得已的缘故”而用的。这时代控告官员受贿的案子太普遍了。直到纪元前 409 年阿泥托斯（Anytus）竟收买了一位陪审员，因而得释，如果亚里士多德的话是可靠的，这便是法庭上的第一件贿案。阿泥托斯后来控告过苏格拉底，且是主要的原告。

（49）雅典的宗教也起了变化。那些流浪的雅典人从外邦学得了一些奇怪的宗教礼仪，那些外来的奴隶和居留在雅典的外邦人更带来一些异邦的神祇。“波斯进攻以后，外邦的天神也跟着进攻。”于厄斯（Hyes），萨巴稷俄斯（Sabazius），科提托（Kotytto），本狄斯（Bendis），阿多尼斯（Adonis）一类的天神与英雄从特剌刻（Thrace），弗利基亚（Phrygia），库普洛斯岛（Cyprus）和旁的地方来到了雅典。起初这些新来的神祇只有私人崇拜。这些新的入教礼和仪式所采用的乐器有双面鼓，单面鼓，笛子等等，奏出来的音乐是很放荡的，全不合希腊的节制精神。不论这些礼仪多么怪诞，不论那些喜剧家怎样嘲讽，这种神道渐渐取得了相当的信仰，且很受那些下流社会的雅典人和那些淫荡的绅士们欢迎。

（50）但这些外来的威胁还不算严重，希腊宗教的本身且伏有两种很大的危机：第一种是它本身的腐化，第二种是当日的哲学推倒了它的基础。

（51）一切宗教观念都容易变作陈腐。雅典的宙斯（Zeus）很早就把重要的地位让给了雅典娜（Athena）与酒神（Dionysus），正如从前克洛诺斯（Cronus）把重要地位让给了宙斯一样。在阿里斯托芬的时代，雅典的宙斯节日已经很稀少，且没有先前重要。那些"宙斯节"（Diasia），"宙斯大节"（Pandia），"护城的宙斯的节日"（Diipolia）同"女战神节"（Panathenaea）或酒神的节日比起来显得十分陈旧，十分可笑。至于酒神的庆祝却随时可以在私人团体间举行。

（52）这种狂热的酒神教传到雅致的人中就变成了神秘的宗教，传到愚蠢的人中却变成了荒唐的迷信。这些教徒崇敬那神秘的乐师俄耳罘斯（Orpheus），把他当作创制这种宗教仪式的始祖。这仪式变成了象征作用，譬如说那些信教的人得要先把身子沉入污泥里，再把污泥剥去，他们用这种洁净法来象征道德的洁净。又如他们在祭祀时要吃生肉，他们把那生肉当是酒神（Zagreus-Dionysus）自己的肉，吃了他的肉好和他同化在一起，同化做神祇。……

（53）这些神秘作用和象征作用对于那些雅致能解的人固然有宗教的帮助；可是那些糊涂的人看了却更加迷惘。俄耳罘斯教对于那些糊涂的人所引起的主要的或最大的害处并不限于仪式，还有许许多多的信条观念害了他们。这一些观念使他们相信未来的生命，相信凡是洗过“污泥澡”，受过入教礼的人在来世里可以长久欢宴；至于那些不信教的人将来死后却永远躺在黑暗地狱的污泥里；但如果他们的未亡人愿代替他们举行洁净礼，他们也可以得救。那些教徒且相信他们可以用魔术来报复他们的仇人。

（54）这一些教义，入教礼，幸福的来生，罪恶的超渡和命运的测算都可以花一点钱请那些行乞的祭司替他们解释，替他们举行。那些祭司捧着他们的“俄耳罘斯”经典到处游行，由贫户人家去到华堂贵第，用一些神秘的话去恐吓那些相信的人，或是道出什么未来的希望去引诱他们。因此那旧日的宗教腐化了，这些迷信遮掩了它固有的光华。

（55）现在说到哲学怎样推翻了宗教的基础。约在纪元前6世纪初叶小亚细亚的希腊城邦（Ionia）便发生了许多哲学思想，在起初一二百年内的思想家大多数都尊重那传统的信仰，他们的哲学思想不致于损及宗教的尊严。他们虽不能证明天神的存在，但他们信仰冥冥中自有主宰。索福克勒斯（Sophocles）与希罗多德（Herodotus）对于命运与受苦的态度并不像斯多学派的人（Stoics）那样全不介意，也不像欧里庇得斯那样大声反抗；却像勒俄尼达斯（Leonidas）和温泉关（Thermopylae）受难的英雄那样勇敢地忍受，那样听天安命。

（56）自从波斯战争后，自从哲学思想和“德谟克拉西”政治思想发展而且接触后，一般人对于天神的敬仰便冷淡了。他们认为自然的现象是自己生出来的，并不是由天神主宰的。例如从前的人把闪电当作宙斯（Zeus）的武器，那原是用来惩罚那些不敬神的骄傲的人的；如今的人却把闪电当作自然的现象，那原是一片浮云受了热空气的压力爆发出来的。……这样一来，宙斯的威权便扫地了，且连他的本身也不能存在了。因为狄俄革涅斯（Diogenes of Apollonia）已经说过，宙斯原不过是空气和以太罢了。

（57）“德谟克拉西”不让私人保持着这些思想，要把它们公开出来。任何人都可以花几角钱买一部阿那克萨戈剌斯的哲学著作，那里面说黑利俄斯（Helius）并不是太阳神，乃是一块发火的石头。那位剧场里的哲学家欧里庇得斯且时常宣传狄俄革涅斯的自然学说。只要有人肯出六千块钱便可以听那著名的普洛塔戈剌斯（Protagoras）的演讲，他讲到宗教时也许会说：“说起天神，我可不能说他们存不存在。这问题太玄妙了，我们的生命太短促了。”那位大演说家戈耳癸阿斯（Gorgias）却走向极端，否认一切的存在。克里提阿斯（Critias）且能说明信仰的起源，说是什么聪明人发明出来吓倒那些坏人的。于是异口同声，有无神论者狄阿戈剌斯（Diagoras），戏剧家欧里庇得斯，“大学课堂”里的诡辩学者，伯里克理斯保护下的哲学家齐向这些虚妄的神祇的威权进攻了。

（58）宗教，迷信，和假科学就这样开始起了冲突。俄耳甲斯教派要把旧日的天神和仪式“升化”，哲学科学却出来把他们推倒了。

（59）这时候一般的雅典人对于他们的天神，庙宇，祭坛，祭司，节日，神示和预言倒底信不信呢？是不是像狄阿戈剌斯所说的这一切都是骗人的东西？是不是像那些哲人所说的雷电灾旱全是自然的现像，并不是由宙斯主宰的？在另一方面讲来，他们应不应加入俄耳罘斯教派，多多举行一些宗教仪式，省得来世躺在污泥里受苦？也许索福克勒斯的独神论比从前的多神论可靠一些吧！在这种疑神论的空气里还是信仰旧教吧！希罗多德依然相信那些预言，——可是这时候他已经很老了，追不上他的时代了。那最时髦不过的自然要数伯里克理斯，他是“新知识”的信徒与保护人。可是他也曾任用过那信仰神示的拉谟蓬（Lampon），但是，伯里克理斯毕竟是一个——政治家。那末雅典人倒底能够信靠什么人呢？

（60）在人类一切与过去有关的联系中，宗教的联系是最后才能打破的。雅典的言论虽是自由，那些外邦的神祇虽是很受欢迎，雅典的衣食，战争，艺术，政礼与道德虽是经过了一番理智化，但雅典人看见他们自己的天神化成了乌有，他们不能不出来反抗。那古来的宗教观念虽是暗淡了，依然在天山（Olympus）上透着灵光，不至于就完全消灭了。

（61）所以狄俄珀忒斯（Diopeithes）于纪元前432年提出了一条法律来惩办那些否认天神的存在的人和那些传授天象学的人，这法律便公然通过了，在二三十年内惩罚了斐狄阿斯（Phidias），阿斯帕西亚，阿那克萨戈剌斯，普洛塔戈剌斯，狄阿戈剌斯和苏格拉底。阿尔喀比阿得斯远征西西里时也因为犯了亵渎厄琉西斯（Eleusis）神道的嫌疑被召回来听受审判。

（62）可是阿尔喀比阿得斯终于得赦了。那判定苏格拉底的死刑的判票仅仅是过半数，并不是大多数。由这两件事体看来，可见雅典人的宗教见解明明是分歧的，并不是一致的。个人主义已经来了。个人主义且已产生了它的“狮子”阿尔喀比阿得斯，那高贵多才的自我主义者那强狠，敏捷，不德的奸贼，雅典对之竟不知如何是好。“魔鬼”，“超人”与国家的争斗已开始了，各救各的命吧！

四、阿里斯托芬的为人

（63）现在我们要问阿里斯托芬对于这激变的潮流取一

种什么态度，发生一种什么反应？他倒底是随波逐流呢还是起来反抗？我们可以由他的态度来断定他的为人。

（64）他的态度是很难确定的。他好像最坦白不过，可是在我们看来，他却带上了许多假面具，让我们大略观察一下这些面具。

（65）首先一层，阿里斯托芬的作品有四分之三没有留传下来，那旁的41位早期的喜剧家的作品只剩下一些残诗，和275个剧目，这些残诗是经旁人引用才存留下来的，这二百多个剧目只占总数目的一小部分。因为没有材料，我们不能用那些旁的喜剧诗人来同阿里斯托芬比较，从而断定他的为人。

（66）雅典的酒神节正如现代的“愚人节”一样，假若有人把那些节日里的事情看得太认真了便要上当的。那是酗酒闹乱子的日子，就是柏拉图也准许这种现象，这自然是为敬仰那送酒的天神。那些喜剧诗人暂且把那庄严的规矩收藏起来，一切的事物都颠倒过来。谁都可以侮辱谁，谁都可以报复旧日的小冤仇，不至于遭受一点儿损伤。我们所知道的阿里斯托芬乃是一个酒神节里的阿里斯托芬，对于他平日的为人，我们一点也无法知道。所以我们只能希望他的诙谐里有一些真实的话，也许我们的喜剧诗人并没有他装得那样疯狂。

（67）那些旁的喜剧诗人残留的诗句虽是很少，却也能使我们看出他们所讽刺的对象和阿里斯托芬所讽刺的是相同的，他们所采用的戏剧形式，装束，诗体和人物也是相同的，甚至于他们的滑稽的观点也是相同的。喜剧既有这样的一种传统观念为大家所遵守，那末，说到阿里斯托芬个人的特别观点就很难确定了。

（68）我们的喜剧诗人和别的借剧中人物的口舌说话的戏剧家一样，借他的傀儡来替他自己说话，让观众去猜想哪一位傀儡才是真正替他说话的。他的智力又特别高，他也许有好几重不同的“人格”，连他自己都不知道怎样把他本人介绍给我们。

（69）他的剧里含有一些猥亵的成分，正因为他的时代是一个情欲流行的崇拜邪教的时代，这和我们的时代大不相同；我们现代的人恐怕难于了解那些古代人的心情，我们下断语时难免不怀着一点偏见。

（70）既然是他这人隐藏在那“七重皮革”的盾牌后面，我们得小心进行，留心前人所下的草率的断语。

（71）我们首先要问诗人所写的是不是他自己的真诚的见解。

（72）那拥护“德谟克拉西”的史家格罗特（Grote）误以为诗人是“德谟克拉西”的敌人，所以说他只是一个专门取笑的人，说他的目的只“在逗引那节日里的群众发笑，并不希望他们留下一点庄严的印象”。还有人自作聪明地说阿里斯托芬不过是一位竞争奖品的戏剧家而已。

（73）如果我们把诗人的动机看得这样下贱，我们就不必再去发现他的真面目；因为一个小丑的真面目是不值得发现的。可是历史上的事实不容我们把他看得这样下贱。他所写的事实，所下的断语都有很多作家替他作证，如像那位史家修昔底德，克塞诺丰，冒名的克塞诺丰（Pseudo-Xenophon），吕西阿斯（Lysias），柏拉图，和亚里士多德一流人。如果我们不能把这些作家都当作取笑的人看待，我们得要承认即使在阿里斯托芬的最滑稽的戏里也有一点庄严的成分。

（74）还有人说所有的喜剧家都是被那些主张寡头政治的人收买来讽刺“德谟克拉西”的。这明明是无稽之谈。早期的喜剧家诚然是攻击过那些主张“德谟克拉西”的“群众领袖”，从伯里克理斯一直攻击到克勒俄丰（Cleophon），攻击他们的霸道政策，战争政策和那庞大的私权。他们且攻击过“德谟克拉西”的种种缺点，如像因循致误，变化无常，好讼的习气，盲从的心理，攻击过人民选择年轻的官吏，选择无用的将领，还攻击过法官凭着感情用事，听信那些敲诈的人。阿里斯托芬且说礼貌的废弛也是受了“德谟克拉西”的影响。但是讽刺那种治人的野心并不就是攻击“德谟克拉西”的自治精神；批评“德谟克拉西”的缺点和批评那一般“群众领袖”并不是背叛这种主义；还有提倡和平也不是推翻政府。一个有鉴别力的读者一定会同意惠布利（Whibley）的见解，认为阿里斯托芬的作品里并没有反对“德谟克拉西”的用意。我们更应当觉得那些喜剧家的讽刺都是很公正不偏的：如果他们偶尔嘲笑“德谟克拉西”，他们也嘲笑那些贵族和那些主张寡头政治的人。若说这后者收买了几十个喜剧家来嘲笑那些主张“德谟克拉西”的人，却连他们自己也被嘲笑了，这说法倒很有趣味，只怕是不可能的吧。

（75）现在我们承认阿里斯托芬的喜剧里有一些见解是诗人自己的，让我们再看这是一些什么见解。

五、政治

（76）我们知道他的剧里有许多赞美那旧日的中和的“德谟克拉西”的地方，有许多指责和讽刺那当代的过激的“德谟克拉西”的地方。这是不是诗人自己的见解？我们可否因此把他当作一个守旧的“德谟克拉西”信徒？我们不能毫不踌躇地就这样肯定，因为既然早期的喜剧家都采取同一的态度，也许阿里斯托芬也在这同业的假面具下隐藏着他的真正态度。以寡头政治的或急进民主的态度来触怒守旧的民主主义的观众，自然是做不得的事。

（77）但是那剧场里的雅典人真是守旧的“德谟克拉西”派，议场里的雅典人却真是过激的“德谟克拉西”派吗？克拉塞（Croiset）说这大概是真的：因为那些守旧的乡下人不到议场里去开会，但过节时他们准去看戏；城里的过激派可以趁着农人不出席的时候在议会里通过一些过激的议案，且是由大多数通过的；但在剧场里城里的过激派的人数敌不过乡下的守旧派的人数，所以剧场里的空气会变成守旧的，只有守旧的见解才能取得他们的欢心。阿里斯托芬自己也许是一个过激派，但为“竞争奖赏”起见，他可以写一些守旧的见解来逢迎那些守旧的观众。可是我们仔细去分析一下，便觉得这上面的话并不可靠。试看阿里斯托芬一生的作品总是鼓吹和平，反对内战；鼓吹优待联邦，反对强横武霸；鼓吹雅典的党派和希腊诸邦请求和好，反对联合波斯人，接受他们的黄金；再看那些乡下人长年困守在雅典城里，不得不去开会，那议会里的议案且是由绝对大多数通过的，并不是由少数人议决的，而那些大多数人总是赞成战争，反对和平；赞成压迫联邦，反对优待她们；赞成接受波斯的黄金；反对希腊大联合。这样看来，上面的理由便不能成立了，剧场里的雅典人原是过激的。阿里斯托芬的戏剧也必定是与一般观众的心理作对的。我们再看诗人每表示那些会引起观众的反感的情绪或论调时，总是小心翼翼的，而且早早准备下许多缓和的笑料时，更好证明这种断定是很准确的。如果我们发现诗人冒着失去奖品和观众的笑声的危险，那我们便可以相信他这样冒险原是把个人的信仰的表现看得很重，把观众的喝采看得很轻的。

（78）常有人说阿里斯托芬并不是一个真正信仰“德谟克拉西”的人，因为他的性情是很贵族的，他老是嘲笑那些下层社会的人，那些出身寒微的人，那些市场里的游客，和那些不识不知衣冠不正的人。这一点正好表明诗人理想的政治精神是马拉松时代的“德谟克拉西”精神，那时代官职的身分有高低，不和社会的平等混在一起，那时代的青年水兵服从他们的长官；那时代的各种社会阶级彼此尊重；一个“德谟克拉西”的信徒一定是一个有礼貌的君子。我们的诗人且嘲笑过那些花花公子，正如他嘲笑那些下层社会的人一样。这样看来，他对于这两层阶级的人并没有偏爱与偏恶。

（79）更有人说他根本就不是一个“德谟克拉西”的信徒，因为他并没有在《蛙》里尽力攻击纪元前 411 年所发生的寡头政治派的叛变，且不应在纪元前 405 年暗示雅典人应当召回那心怀专制的阿尔喀比阿得斯。但我们应该看出阿里斯托芬是一个主张调和的人，他对于各党派并没有什么偏见；他主张化除党见，主张贤人政治。在那个时期尽力攻击寡头政治派是不合时机的，正如在那个时期攻击“德谟克拉西”派一样的不合时机。

（80）我们也不能由他给雅典人所发出的那种忠告来证明他背叛“德谟克拉西”。当日的政治危机十分严重。“德谟克拉西”疯狂地把它的大将处死了，正值群龙无首。这时候不是听斯巴达的指挥，便得要有一个强有力的专制者出来挽救，等危机渡过后再设法去推倒那位专制的领袖，他们已经推倒过许多次了。诗人认为这两种都不是好办法，但后者较前者略胜一筹。可惜雅典人不听他的劝告，不久这城邦便在斯巴达的势力之下由“三十个”专制者出来专制。可见诗人不但没有背叛“德谟克拉西”，而且很忠心这种政体，很有见解。

（81）如果我们现在同意把诗人当做一个守旧的“德谟克拉西”信徒，我们可否更进一步把他看做一个开倒车的人？我们看他主张希腊各城邦友爱地联合起来，反对她们彼此争雄；看他主张抵抗波斯人，反对内战，他这种种的主见后来很多人附和，且渐渐地实现了：这样看来，我们便不会把他当做一个开倒车的人，且应说他有先见之明，站在时代的前头。……

（82）那些诽谤他的人说他的政见全是空谈，而且谈得太晚了。他的政见虽是很简单，但实行起来是很够用的，他极力主张和平对内，优待联邦，这两点雅典城并没有做到。雅典的战争并不是为拥护城邦，乃是为巩固她的霸权。他这种政见说得并不算晚，雅典人随时都可以挽救和平，只要他们不去侵占人家的权利。

（83）那些看不起阿里斯托芬的政见的人且说他对于政治上没有什么影响，说他费了二十七年的工夫去劝告雅典人讲求和平，终不见效。我们知道当日的悲剧家也曾经鼓吹过和平，也不曾见效。这大概是因为“德谟克拉西”不尊重少数人的见解，不尊重诗人的见解。与其说诗人对于政治没有影响，不如说我们还没有充分的证据可以证明他的影响。

（84）近代的人道主义者更把阿里斯托芬看做一个阻挠人道主义发展的人，因为他不曾附和欧里庇得斯反对使用奴隶，反对压迫女人，且因为他只是挖苦当日的“理想国”的学说，并没有半句颂辞。说起奴隶制度，从古时代到基督教兴起后的若干世纪内，这种制度都被默认了，柏拉图和亚里士多德都承认奴隶的存在。在他们看来，这种制度，并不是人造的，乃是天然存在的；一个没有奴隶的社会是不可思议的。只有一些当日的诡辩家才觉得这是不良的制度，出来反对。他们这种见解在当时是很新异的。既然是一般人都默认奴隶制度的存在，我们不能够单单责备阿里斯托芬，说他不拥护那些少数诡辩家的新见解。

（85）从前的人总说欧里庇得斯是仇恨女人的人，直到最近才有人说他是拥护女权的人。这学说还待研究，我们不能利用来攻击阿里斯托芬。据内斯尔（Nestle）研究的结果，那位悲剧家对待女人半褒半贬。他对她们的同情心虽是很大，可是他不但不鼓吹妇女解放，且叫她们顺从她们的丈夫。至于阿里斯托芬取笑女人的地方明明是现成的笑柄，不是诗人个人的意见。我们且不能引用《地母节妇女》（见第十段）一剧里面污蔑女人的话来诽谤作者，因为那剧的滑稽处明明是在正式攻击欧里庇得斯对女人的仇恨，从而取笑他。诗人的全宇宙既然是可笑的，女人自然也免不了应当受一份讥笑。

（86）当时的“理想国”理论还没有十分形成。在阿里斯托芬看来，钱财货物的平均分配并不足以充分达到那种理想，还得要把智慧、意志、情感和德行也平均分配，但这是上天的安排，不是政治力量所能做到的；不等的天赋加上相等的财富仍然是一种不等的现象，这办法并不能实现一个“理想国”。……

（87）我们看出了阿里斯托芬有他自己的政治见解；他并不仅是一个讨好观众，希望得奖的小丑，而是一位诗人兼爱国志士。

六、宗教

（88）我们再看诗人对于宗教的态度。诗人的假面具遮住了面目，他假装拥护那旧时代的信仰，在这一点上举世都得承认是被迷糊着的。反对一切的新仪式和外来的神道。可是他也讽刺祭司，预言，神示，预兆和宗教礼仪，且讽刺得很尖刻。像他这样一个受过教育的人处在这个新时代里，处在雅典城里，还信仰那旧时代的多神教，好像是不可能的吧。

（89）诗人是否假借“拥护旧时代的信仰”的名义来作盾牌，好躲在后面攻击邦家的宗教？我们不相信他有这样虚伪；纵说他有这样虚伪，雅典城也绝不会笨到看不出，或是看出了而加以容忍。

（90）那末，我们可以相信诗人觉得宗教的基础含有一些迷信，虚伪和欺诈的成分。这基础虽是腐坏了，但为邦家的生存起见，这基础是不能推倒的。换句话说，他虽是不相信宗教的本身，却相信这种信仰和仪式是有价值的。我们可以把这种见解认作他的真见解，因为这不仅与他的保守性相符合，而且是各时代中一切有地位有教育的人的见解。但无论如何，他既然自认为是一个忠实的信教者，他就可以嘲笑宗教中人的一切虚伪现象，和一般群众的迷信而不致于被人家控告，说他没有宗教信心，说他亵渎了神祇。

（91）但据说连天神都难逃他的嘲笑：他把赫剌克勒斯（Heracles）当做一个私生子，叫神使（Hermes）替人家洗肠子，甚至还叫酒神（Dionysus）挨打。不特他如此，所有的喜剧家都嘲弄过天神，所有的观众都觉得这才好笑。这样一个不尊重天神的城邦怎能够说那些哲学家不尊重天神，把他们处死呢？这样一个城邦怎能说她有任何信仰？

（92）对于这事情我们有一种传统的解释，就是说那些喜剧家在节日里享受一种开玩笑的特权，甚至还可以同天神开开玩笑：这解释无疑是很正确的。希腊宗教史上时常说起这种节日里开玩笑的事情。

（93）中世纪的教堂里也发生过这同样的事实。那些教徒可以在“愚人的宴会”里当着牧师赌牌、跳舞、做出许多猥亵的举动。可见这种节日的放纵并不是希腊时代所独有的。这可以用赖特（Thomas Wright）的《文艺讽画与怪诞史》中的话来作证明。

（94）由这些引证我们不但可以证明诗人未曾亵渎了天神，而且可以解释他的戏剧中的猥亵之处。

（95）原来那崇拜酒神的仪式是由崇拜阳具之神法罗斯（Phallus）的仪式转变来的。希腊古时代的人为求生产的繁荣，唱着颂歌，携着阳具的偶像游行，老老少少，奴才主子都一同加入。法罗斯且是保护田园地界和道路的神，城门上，墙壁上和土瓶上都绘着他的形象，据说还可以避邪呢。那些喜剧的演员更带上通红的皮阳具。甚至欧洲的教堂里且长时期刻着这淫猥的形体，到如今还看得见。可见喜剧里的猥亵的成分是有由来的。我们不能用现代的眼光去批评古雅典的风俗习惯；但即用“昨日”的眼光去批评，也不能说阿里斯托芬是猥亵的。

（96）我们也不能说阿里斯托芬太粗俗、太胡闹、太刻薄了。他的剧里常有“打嗝”和“放屁”一类的话，这当然可以冲犯那些雅致的人，被认为太俗了；可是即在今日一般不雅的观众听来，一阵突如其来的屁声仍是十分可笑。而且当日雅典的观众正和莎士比亚时代的观众一样，毫无“文雅”的习气，同是很粗俗的。至于胡闹的一层，当日的观众很喜欢那大闹一场的收场。《云》的结局不够胡闹，不能讨他们的喜欢，这部戏当然失败了。……

（97）阿里斯托芬并不算刻薄。雅典的观众看惯了那些怪眉怪样的和秃头歪嘴的人物，当诗人特别指出这样的观客时，大家都觉得很好玩，那被嘲笑的人也并不觉得怎样难堪。有一件事情在我们现代的人看来未免太刻薄了，那便是对于死者的嘲弄。伯里克理斯，克勒翁，于珀勃罗斯（Hyperbolus），欧里庇得斯死后都受了那些喜剧家的嘲笑。甚至于珀勃罗斯的母亲痛哭她的儿子被人家暗杀了，还遭人恶嘲。可是，所有的喜剧诗人都嘲笑过死者，阿里斯托芬也不能算例外。雅典人看惯了这些事情，正如他们看见那些暴露的罪人的尸体和祭台上献杀的牺牲一样，并不起什么感触。近代的人对于这种事情倒很容易发生感触，但这种心情也是近代才发生的啊，伦敦的缢尸架直到1783年还在使用，美国人到如今还用那残酷的火刑，现代人对于一个死去了的政敌依然是没有什么敬意。

（98）我们不可把阿里斯托芬看得太认真了。我们宁可把他看做一个傻子而永远大笑，却不可把他看做一个道德家而一声不笑。有一些编者常说他想化去喜剧里的滑稽的成分和猥亵的成分；但因为观众不喜欢，他又才不乐意地保存着这两种色彩。他们说诗人曾经在他的剧里挖苦他的敌手太粗俗，夸奖他自己十分高洁：他们引用这两点来作证明。阿里斯托芬听了这种荒谬的议论一定是多么生气啊！因为诗人所说的他自己的高洁处全不是那么一回事，只不过是借了这种反语来逗引观众发笑罢了。（参看本剧“第一场插剧”的头一段和那里面的注解。）

七、新知识

（99）让我们再看阿里斯托芬对于当时的新知识所抱的态度。可是在这点他个人的真正态度我们又无从知道，因为他讨论这些新知识时所戴上的假面具并不是他私有的，乃是那些早期的喜剧家所共有的。那些喜剧家看不起这些新学者，看不起他们的著作，他们的教学法，他们的花调，流音（Run），浮夸的诗歌，长胜的雄辩术，诡谲的逻辑（这逻辑能证明黑色即白色），和新的道德律（这规律教世人依照自然界的现像而生活）。（参看第四十五段）

（100）阿里斯托芬是不是成心去嘲笑苏格拉底和欧里庇得斯，嘲笑这两位新思想的教师？这事情虽是可能的，但不能说得十分肯定。诗人对于苏格拉底的为人也许十分厌恶，因为他很丑陋，肮脏，贫穷，好辩，一身俗态、全没有诗味。有人说阿里斯托芬怀着一种私人的仇恨去攻击欧里庇得斯，因为没有一个旁的喜剧诗人出来攻击过这位悲剧大家。这一点又是由反面证明的，因为假如那些旁的喜剧诗人也曾经攻击过欧里庇得斯，他们的话一定会被后来的评注者搜集起来的。阿里斯托芬对于什么人都嘲笑，对于那些思想家，嘲笑得特别厉害，我们可以假定诗人是和他们全体作对的。

（101）如果诗人要寻找什么人物来表现那最滑稽，最危险的新思想，除了苏格拉底和欧里庇得斯两人外，还有什么旁的人物最合他的选择呢？苏格拉底时常在市场里和学园（Academia）里出现，欧里庇得斯早就是一位悲剧诗人，他们俩都忙着教一些毫无准备的人们思想，考虑，理解。这种思想运动不简直是一种“思想病菌”么？这种“维新热”不是正在毁坏他们的艺术，教育，礼貌，道德和宗教么？

（102）“由他们的果实你可以知道他们。”阿里斯托芬观察过欧里庇得斯的悲剧和苏格拉底的信徒。据他看来，还有什么旁的东西比这些悲剧更滑稽，更为害于艺术与社会呢？那些古代神话里的国王与英雄披着破衣衫出现在欧里庇得斯的剧场里，他们用现代的语言和法律的方式和那些奴隶孩童辩论一些“现代问题”。那些害相思病的疯女人用那种最新式的歌剧独唱来传达她们的疑神论，来辩白她们的淫乱与暗杀的行为。……何处是那提高人性的悲剧的形式和本质？何处是观众所期望的教训呢？

（103）欧里庇得斯的作品也许富于爱国心，同情心，也许很有悲剧的成分，很合乎人性，他也许悲叹人世间的苦难，也许在寻求一位更真的神；可是当他的人物失却了英雄的装束，语言和性格时，当他自己忘却了均称的布置和正当的配合，把他的自我表现，把他好辩和好奇的心理移到他的作品里时，当他写出了一些滥调，减少了歌舞队的重要性，依靠“神力”来解决收场的困难时，阿里斯托芬便把他当作一个劣等的诗人。当他不注意健康的美德而注意病态的恶德时，阿里斯托芬便说他不道德。当他藐视希腊的天神时，阿里斯托芬便认为他没有宗教信心。

（104）可是我们不能够这样反驳，说他自己的作品也是不道德的，也是不虔敬的：因为悲剧和喜剧原是分开的，前者表现那严肃的宗教礼仪，表现过去的神话与英雄；后者表现那滑稽的宗教礼仪，表现现代的喧哗吵闹。希腊戏剧到这时还没有完全摆脱宗教势力；凡是在喜剧这方面认为是很滑稽的，在悲剧那方面却认为是不虔敬的。……

（105）（从略）

（106）（从略）

（107）当这位滑稽大家看见苏格拉底和他的信徒时，他得到一种什么印象？他眼前不就展放着一幅完美的滑稽画？画中的人物是那些穿着“博士”袍的外国大“教授”，他们的语言和他们的衣袍一样的精彩，他们索取很高的学金；可是他们的化身代表却是这位本地生长的饶舌的哲学家，他把那些诡辩家的家传武艺打倒了，他的办法却很颠倒离奇：他们道出一些长篇大论，他却用简短精干的话来穷追诘问；他们教授全宇宙的知识，他却自称没有什么知识可以传授；他们索取很高的学费，他却不收半文钱；他们有一大批优秀的诚心悦服的门人，他却只有一些不伦不类的信徒。这整个的景象是颠倒的。阿里斯托芬再是狂妄也不能把这狂妄的滑稽画改得更好。他在《云》里只不过是把市场里的真实的人物和景象移到戏场里去而已。

（108）苏格拉底的信徒们也是有声有色的，那疯狂的开勒丰（Chaerephon）便是这样一个人。阿尔喀比阿得斯也是他的信徒，他的品格不端正，名誉很坏。也许在本剧出演前不久他打伤了雅典城的富翁希蓬尼科斯（Hipponicus），只是为“好玩儿”，并不是为了什么别的。假如那真正的苏格拉底的门徒犯了这种虐待长老的罪过，那末，阿里斯托芬叫那剧场里的苏格拉底的门徒打伤了他自己的父亲便不算夸张过甚。假如这种行为原是新教育造成的，我们这位诗人便不能不出来反对。

（109）苏格拉底和欧里庇得斯要把哲学从天上搬来地下，把悲剧的英雄从高跷上降下地来，这无疑是一番很好的用意。但阿里斯托芬心想人间不是天上，天上的哲学不能应用到人间，不能应用到那些不够聪明的开勒丰和那些过于聪明的阿尔喀比阿得斯身上。那要等到“国王变做了哲学家，或哲学家变做了国王”以后才能够应用。这位喜剧家一会儿描写那胡闹的滑稽的趣味，一会儿又吐出那最高的诗的灵感，他比起那“人化”的欧里庇得斯和“神化”的苏格拉底更能抓着那永恒的人性。

（110）有人说诗人把苏格拉底当作一个索取学金的教师，当作一个传授物理，文法和雄辩术的教师，这是很不公平的；因为他并不是一位诡辩家，并没有做过这些事。对于这一点，我们首先要知道凡是做讽刺文必得要变动事实，早期的希腊喜剧特别享受这种宽容的特权；诗人对待苏格拉底并不比他对待克勒翁和欧里庇得斯诸人更是不公平。并且我们不能肯定苏格拉底少年时和中年时也正如他老年时那样瞧不起科学。据说他至少曾经研究过几何学与天文学。本剧出演时苏格拉底才四十三岁，这剧里所讽刺的他中年时代的行为也许不像一般人所想像的和他本人的行为差得那么远。如果我们不问诡辩学说的内容，而问那学说所生的影响，——即是破坏了那传统的信仰，——我们可以说苏格拉底原是一个最大的诡辩家，阿里斯托芬把他当作一个这样的人物并没有大错特错。

八、喜剧的自由精神

（111）最后我们要问阿里斯托芬的思想是不是独立的，他的精神是不是自由的，受不受什么旁的影响？试看他的朋友和敌人烦恼了他时，他总是同样的攻击他们，并没有什么偏好与偏恶，可见他的精神是很自由的，直率的。他在政治上也保持着这同样的精神。前面已经说过他并没有被人家收买，他嘲笑“德谟克拉西”，也嘲笑寡头政治（见第74段）。不论珀珊得耳（Pisander）信仰什么政治主张，他在这位喜剧诗人的眼中总是一个懦夫，一个窃用公款的人。不论欧里庇得斯和他同样地嘲笑滥政客，同样地爱护那民主的雅典城，同样地厌恶战争，盼望和平，同样地敬重穷苦的农夫和中产阶级的人，且同样地瞧不起雄辩家和预言家；但因为他是一个提倡改革的人，阿里斯托芬便永远拿他来开玩笑。不论克勒翁和他同样地指责那懈怠的尼喀阿斯（Nicias），同样的怒骂那新的演说术和新的哲学，并且同样的控告阿那克萨戈剌斯；可是阿里斯托芬总不肯饶他，时常在剧场里攻击他。攸阿司罗斯（Euathlus）曾经控告过那很危险的普洛塔戈剌斯；可是诗人总瞧不起他。狄俄珀忒斯建议了一条法律，好利用来控告那些无神论者和那些“空气学”教师；可是在诗人看来他是多么下贱啊！

（112）诗人很少有赞颂的言辞（这是很自然的，因为赞颂的言辞缺少滑稽性），但他的讽刺却把“玫瑰”洒遍了全宇宙（参看第911行）。有人说只有厄琉西斯的入教礼，死人的葬仪和三位天神没有被他嘲笑过。他在《骑士》里一面驳“群众领袖”的皮子，一面也嘲笑人民的庸懦。他在本剧里描写那不堪教诲的诚实的农夫，正如那吹牛的哲学家一样的可笑。……可见他的精神是很自由的，他想笑什么就笑什么，他笑了这个又笑那个。希腊文学的天空里还有什么“黑鹰”像阿里斯托芬这样自由地“飞行”？

（以下从略）

福尔曼

注　释

[1] 这篇引言是节译的，原文很冗长。当中有些地方由译者稍加变动。第18段里面的说明是补充的。

1954年版《阿里斯托芬喜剧集》译者序

《云》于公元前423年演出，诗人认为这是他的得意之作，哪知比赛结果仅得第三等奖，算是完全失败了。他后来把这剧修改过，但未能再行上演。现存的即是修改本。修改本的“第一插曲”里面，提起公元前421年演出的欧波利斯的《急色儿》，还提起许珀玻罗斯赴“联城”会议。许珀玻罗斯是公元前417年被放逐的，可见这剧本是公元前421年到前417年之间修改的。

剧中的农人斯瑞西阿得斯娶了一个城市的贵族女子，生下儿子菲狄庇得斯。这年轻人喜欢战车竞赛，浪费钱财，使他父亲负下许多债务。老头子便到苏格拉底的“思想所”去学习诡辩术，想用无理的理由来赖债。于是景后的活动台把“思想所”的内景显现出来：一群肮脏的门徒伏在地下，苏格拉底却坐在吊筐里观察天象。这位哲人接受斯瑞西阿得斯入学之后，便祈求云神。云神降临时，苏格拉底便趁这机会谈论了一些关于自然界的哲学，说是“动力”出来代替了宙斯为王。此后老头子才开始受业，哪知他满头满脑的“旧”观念，“新”的东西简直无法接受。然而，他并不灰心，又回家叫了他年轻的儿子来求学。这孩子听了“正直的逻辑”和“歪曲的逻辑”的一场辩论后，便进“思想所”学习。他学成以后，老头子接他回家，利用从他和从苏格拉底学来的诡辩术骂走了债主。正当他在家里设宴，庆祝儿子学业成功的时候，父子俩为了饮酒颂诗的事，发生了口角；结果儿子打了父亲一顿，还利用诡辩，硬说打得有理。这事情伤了老头子的心，到这时，他明白了诡辩派教育对于年轻人的危害，便跑去烧毁了“思想所”。

早在公元前427年阿里斯托芬就在他的第一部喜剧《宴会》里，分析过乡村教育与城市教育之间的矛盾，对城市教育所培养出来的青年的浮华、堕落和诡辩习气加以讽刺。四年以后，他又回到这主题上来，在《云》里对诡辩派学说再加以严厉的批判。

但是诡辩派是怎样兴起的呢？

公元前5世纪后半期雅典急剧的经济演变造成了新兴的城市富豪（包括作坊东主、商人、高利贷者、战时投机商人）。当时富豪子弟的出路不是经营工商业，便是从事政治活动。在社会动荡的时代，在政治煽动风行的时代，政治上的成功全仗能言善辩、颠倒是非、淆乱黑白。商业及金融的纠纷往往引起诉讼，诉讼上的胜利也有赖于雄辩。所以，当时的雄辩术是具有实际意义的“科学”，在富人子弟的教育中占有重要地位。上述两种社会要求引起了诡辩派的兴起。

诡辩派的思想教育是富豪的思想教育，提倡个人主义与怀疑主义。个人主义，以个人为中心衡量一切，只顾自身利益，不顾国家与人民利益。怀疑主义，否定旧道德的传统，破坏旧宗教的信仰。诡辩派学说就是这两种思想的结合，它有积极的一面，破除迷信和提倡理性，为科学上的求真理开辟了道路；也有消极的一面，用雄辩代替事实，用理论代替实践。它的消极作用却超过了它的积极作用，破坏有余而建设不足。但是这种思想教育和农民的思想教育恰好相反。农民重视辛勤诚实的传统道德，重视实践，重视体力劳动与智力劳动的结合。所以，阿里斯托芬站在农民的立场上，对诡辩派的思想教育加以抨击。

上述这种富豪的思想意识与农民的思想意识的对抗，在《云》里体现为阿里斯托芬与诡辩派的对抗。诗人在剧中极力抨击诡辩派教育所产生的恶劣影响，例如诡辩派教育使理论与实践脱节（空谈诡辩），使智育与体育脱节（不赴健身场），使人与自然脱节（不见阳光和空气），使教育贵族化（收取很高的学费），而且玩弄文字（按字形分辨性别），宣扬错误的教育目的（用诡辩术来赖债），造成教育的恶果（模仿动物生活，儿子可以打父亲），以及文坛上的堕落倾向（青年喜爱不道德的诗歌）。阿里斯托芬认为这种教育对于青年一辈是有害的；旧时代的优良传统不可一概抹煞，所以他提出健身场和音乐师家里的旧教育来和“思想所”里的新教育对照。旧教育培养心灵，锻炼身体，重视礼貌，节制情欲（第四场）。诗人的教育理想是马拉松精神的教育，是雅典民主全盛时代的教育，是集体化、平民化的教育。这就是《云》里所表现的两种教育思想的对立。

有一些学者看见阿里斯托芬反对新兴的诡辩思想，主张旧道德和旧教育，因此断言诗人是顽固的保守主义者，那是不公平的。喜剧来自农村，带来了一些小生产者的保守性；诗人来自农村，也养成了一些乡下人的保守性。可是我们要看他所保守的是腐败的一面呢，还是健全的一面。如上所述，诗人所保守的是旧时代的健全教育，所批判的是新时代的腐败教育，他维护雅典民主盛世的传统，抨击雅典民主衰落期的思想。而且诗人并不是一个顽固派人。他自己就受过充分的教育，参加过苏格拉底的哲学谈话（见柏拉图的《会饮篇》)，所以他绝不会是一个蒙昧主义者，绝不会是新思想的顽固敌人。就在《云》里，我们也可以看出他对于诡辩派学说的积极一面是有所肯定的，例如他借苏格拉底的口来破除宗教迷信，提出当日对天体和气象的科学的说明。

阿里斯托芬在《云》里放进雅典最知名的哲人苏格拉底，但是剧中人物苏格拉底只是一个被“讥骂”的对象，与历史人物苏格拉底并没有多大的关系。理由是剧中人物的性格和生活方式与历史人物的性格和生活方式不相符合，例如苏格拉底注重身体健康，不设馆讲学。还有，诡辩派的学说与苏格拉底的学说也不相符合。诡辩派劝人破坏传统，破坏道德，苏格拉底却劝人为善，劝人注重德行。《云》里的苏格拉底只不过是诡辩派的学说和教育实践的人格化，是喜剧夸张的漫画形象。所以，《云》决不是针对个人的讽刺，而是针对整个社会现象和时代思潮的讽刺。不幸，二十五年后（公元前 399 年），竟有人借《云》对苏格拉底的讽刺，说他否定国教的神，诱惑青年，判了哲人的死罪。这不但使哲人蒙受冤狱，而且歪曲了诗人的思想。

说到《云》的艺术性，首先，我们可以看出剧中没有多少粗野的成分，这表示喜剧在向上发展。诗人在本剧里自夸他写了一部高雅的剧本。[1]

《云》，就结构来说，有些像《骑士》，不像《阿卡奈人》。全剧分四部分：第一部分写斯瑞西阿得斯入学及求学（开场、第一场、第二场），第二部分写菲狄庇得斯入学及求学（第三场、第四场），第三部分写斯瑞西阿得斯赖债（第五场），这是全剧的顶点，第四部分写后果（退场），各部分都能密切结合。“旧喜剧”都有“对驳场”，但本剧里的主要人物之间不可能引起激烈的争辩，只好由“正直的逻辑”与“歪曲的逻辑”来表演“对驳场”（第四场）。这“对驳场”表明全剧的中心思想，前面的各场向着它发展，后面的各场也向着它回顾。

剧中的抒情部分（例如进场歌）写得相当美，可见诗人的抒情才能渐渐成熟了。

注　释

［1］ 见《云》第518—562行。